Das leidende Weib

Friedrich Maximilian Klinger

Ein Trauerspiel

Personen.

Der Geheimderat.

Gesandtin, seine Tochter.

Gesandter, ihr Mann.

Franz, sein Sohn.

Von Brand.

Graf Louis.

Sein Hofmeister.

Baron Blum.

Läufer.

Magister.

Suschen, seine Tochter.

Schöne Geister.

Julie, Franzens Geliebte.

Louise, Kammermädchen der Gesandtin.

Doktor, Franzens Freund.

Sophchen.

Lieschen.

Betchen.

Kinder des Gesandten.

Erster Akt

Erste Szene

Magisterswohnung.

Suschen. Läufer. An einem Tische. In der Ecke zwei Schöne Geister, mit Papieren und Schreibereien beschäftigt. Gelehrte, Zeitungen vor ihnen liegend.

LÄUFER. Liebes Suschen, ich sag dir ja, ich fürchte mich nicht für deinem Vater. Laß ihn kommen! Ich verlaß mich auf dich.

SUSCHEN. Ei sieh doch; auf mich! Was kann ich denn machen?

LÄUFER. Mußt ihn nur ansehen, so wie du mich jetzt ansiehst. Gewiß, er vergißt es und muß es vergessen, daß er mir nicht gut ist. Ach! ich könnte ja meinem ärgsten Feind vergeben, wenn ich dich anseh, Suschen! Süßes Suschen!

SUSCHEN. Geh Er doch mit Seinem Schmeicheln!

1. SCHÖNER GEIST *darzwischen.* Es ist gar keine Melodie, keine Annehmlichkeit in den Versen. Keine Leichtigkeit

2. SCHÖNER GEIST. Überall sieht die Müh heraus. Und doch so viel Lärmens. Es soll Gefühl sein, das Herz bricht mir über den schweren Gang.

1. SCHÖNER GEIST. Ach! das Tändlende, Liebliche, das in den Jacobischen Liedern die sanfte, holde Muse verrät wo das nicht ist.

LÄUFER. Gib mir ein Mäulchen, Suschen!

SUSCHEN. Freilich doch!

LÄUFER. Eigensinnige!

SUSCHEN. Hab den Herrn Fritz doch lieber. Was hat er mir nicht vor schöne Verschens auf meinen Namenstag gemacht! Soll ich sie holen, Herr Läufer? ich hab sie versteckt.

LÄUFER. Grausame, du!

SUSCHEN. Nu, wein Er doch nicht gleich, Herr Läufer! Herrgott, wer kann denn mit euch Gelehrten zurechtkommen. Kann Ihn doch wohl auch liebhaben. Was schadt's Ihm denn?

LÄUFER. Fährst du noch fort?

SUSCHEN. Sei Er doch nicht kindisch, Herr Läufer! Ich fürcht immer, mein Vater möchte kommen. Er weiß, er schließt immer eine Stunde früher, wenn so heiß Wetter ist.

LÄUFER. Heute nicht. Es ist ja gar nicht warm.

SUSCHEN. Er weiß, daß er euch alle nicht leiden kann; es sind nun seine Grillen so. Warum seid ihr auch alle Poeten? Ich mag sie wohl leiden, sie sprechen so fein, so ich weiß selbst nicht, weil ich nicht alles versteh. Ja, wenn sie nicht immer vom Apoll, Pan, und denen Leuten sprächen.

LÄUFER. Das sind Götter, Suschen.

SUSCHEN. Götter! ei was haben sie mit denen?

1. SCHÖNER GEIST *immer darzwischen.* Nein ich will's rezensieren. Lassen Sie mir's!

2. SCHÖNER GEIST. Warum aber ich nicht?

1. SCHÖNER GEIST. Hören Sie doch nur, ich will zugleich dem Klopstock noch was abgeben, wegen seiner »Gelehrtenrepublik«. Man kann's ja gar nicht begreifen.

2. SCHÖNER GEIST. Daß er der größte Poet ist, das behaupte ich. Nehmen Sie nur die Begriffe vom Dichter aus dem Batteux! Was er von dem Dichter fordert, das finden Sie alle bei ihm. Begeisterung, Feuer der Imagination, Erfindung

1. SCHÖNER GEIST. Wenn man ihn aber auch begreifen könnte! es ist doch das Liebliche nicht.

LÄUFER. Sei doch ohne Sorge! Kam er auch. Ich will ihn schon gut machen; auf alle Poeten, Romanen, Komödien und Tragödien schimpfen; alles behandeln, wie er's tut, er soll mir schon noch gut werden.

SUSCHEN. Wieviel Uhr ist's dann? ach! wenn er käme; und die sind auch da.

LÄUFER. Er kommt nicht. Die Schul ist noch lang nicht aus.

1. SCHÖNER GEIST. Was mich das letzt geärgert hat! Franz sagte, das wär der größte Ruhm für Klopstock, daß wir ihn nicht fassen und mit ihm fühlen könnten. Von der »Republik« sagte er, sie sei die größte Poetik, die je geschrieben worden. Denk die Vermessenheit! Wir waren in Berlin, und drei Jahr in Leipzig, haben übers Griechische bei ** gehört. Waren, wo der Sitz der Schönen ist, haben daselbst unsern Geschmack gebildet, unsre Empfindungen verfeinert. Mit den Musen und Grazien schwesterlich vertraut gelebt. Ja, wir haben aus der Quelle selbst geschöpft.

2. SCHÖNER GEIST. Und er weiß kein Wort von der Theorie. Räsoniert in den Tag hinein, schimpft auf Geschmack, hält nichts auf Kritik, die Fackel der Wissenschaften.

LÄUFER. Suschen, schleich dich diesen Abend weg, wir wollen in die Komödie gehn.

SUSCHEN. Daß ich Schläge kriegte, käm ich heim. Er kann's ja vor sein Leben nicht leiden, sagt immer, »Suschen, das setzt bei euch Weibern kein gutes Blut«.

1. SCHÖNER GEIST. Mademoiselle, ich will Ihnen Gellerts Briefe mitbringen; steht einer drinnen zur Verteidigung des Theaters, den müssen Sie ihm vorlesen.

SUSCHEN. Da käm ich schön an.

LÄUFER. Geh mit, nur diesmal! ich will's schon gutmachen.

SUSCHEN. Es hilft aber nichts.

LÄUFER. Ich bitt dich, ein süßes Stück wird gegeben.

SUSCHEN. Wie gern wollte ich. Ich trau dir aber auch nicht.

LÄUFER. Du traust mir nicht?

SUSCHEN. Ja das letztemal Geh, du bist so ungestüm

LÄUFER. Verzeih mir diesmal!

SUSCHEN. Wenn ich's auch tu. Ihr Mannsleute!

LÄUFER. Du gehst mit.

SUSCHEN. Nein, geh doch. Soll ich mich ums Leben bringen lassen?

LÄUFER. Er kann dir nichts tun, er soll nicht.

1. SCHÖNER GEIST. Wie stehst du mit dem Franz, Läufer?

2. SCHÖNER GEIST. Gehn Sie mit in die Komödie, Mademoiselle! eine Operette.

LÄUFER. Red mir nicht! Es kränkt mich in der Seel, wenn ich an ihn denk. Ich darf ihm nicht nahe stehen; er verdunkelt einen, man ist gar nichts in seiner Gegenwart, soll seinen Machtsprüchen glauben, oder stillschweigen. Und wie er's einen fühlen läßt Rächen will ich's!

1. SCHÖNER GEIST. Tu's! du rächst unsere ganze schöne Literatur.

Magister kommt.

SUSCHEN. Mein Vater.

MAGISTER. He Suschen! was? was?

SUSCHEN. Lieber Vater, Er ist ja so früh gekommen

MAGISTER. So früh, so früh? ich kann nicht reden. He! ihr da! was wollt ihr? was tut ihr hier?

LÄUFER. Wir wollten die Ehre haben

MAGISTER. Weg mit euch, fort von meinem Maidel! Ihr Jungens. Schöne Geister, Zephyrs, Belletristen, Amouretten. Kot! naus, aus meinem Hause! oder ich will euch zu Kot treten, euch mit Kot werfen, Bubens! an L'hombretisch mit euch, den Maidels süß geschwatzt von **, **, und wie euer Volks heißt. Rechtschaffne Kerls herbei! Zusammengewichst, ihr Männer! die

Maidels sind euer, wollen euch eure Weibsen mit ihrem Zeugs verderben, mit ihren Romanen, Poesien Quark! weg, ihr lallende, blasende Zephyrs, in die Oper mit euch! laßt den Leuten die Maidels, wie sie Gott gemacht hat! Hinaus! hinaus!

1. SCHÖNER GEIST. Daß dich der Donner!

LÄUFER. Aber ich bitte Sie, Herr Magister!

MAGISTER. Und Ihm sag ich, hör Er, Er schleicht meinem Maidel immer nach. Was will Er? was sucht Er? Will Er sie auch begrandisonen, wie mein Weib war? Gott verzeih's ihr! Ich hab meines Suschens Ficke durchsucht, eins von den Pestbüchern gefunden, und das war von Ihm. Jetzt geh Er, laß Er meinem Mädchen seinen guten Verstand. Herr! und treff ich Ihn noch einmal mit seinen Belletristen an, wenn ich aus der Schule komme, laß ich meine Schulbubens kommen und merk Er's sich! Ha, wo sind denn *Schöne Geister haben sich weggeschlichen.* die Versmacher? Nu pack Er sich, oder ich nehm meinen Farrenschwanz. Nimm mir den Mantel ab, Fikchen! Du Suschen, wenn ich dich noch einmal ertapp nu nimm mir den Mantel ab! Das Geschmeiß das; wird mir ganz heiß.

LÄUFER. Ich kann Sie versichern, Herr Magister, daß ich kein Freund von bin, es so sehr haß, als Sie.

MAGISTER. Das wäre sehr gut.

SUSCHEN. Soll ich Ihm den Rock ausziehen helfen, Vater, den Schlafrock holen, die Pantoffeln?

MAGISTER. Ei, ei Suschen, wie artig du tust?

SUSCHEN. Soll ich die Tabakspfeife holen?

MAGISTER. Sieht Er, Herr Läufer, mein Suschen ist ein gutes Ding, natürlich und artig, so soll sie mir bleiben, oder ich will ihr Vater nicht sein. Aber geh Er doch nur! was steht Er da? was gafft Er? Er hört ja, daß ich niemand von euch leiden kann. Ihr! ihr! man sollt euch all ersäufen, ihr steckt die guten Weibsen an, die guten Weibsen. Hängt ihnen allerhand Zeugs in Kopf mit euren Romanen, und, und, und, sie taugen da nichts. Kommt mir noch einer zu meinem Maidel, ich brech ihm das Genick. Da macht ihr den ehrlichen Leuten die Maidel ekel. Mir geht's allemal durchs Herz, als säh ich ein junges frisches Ding dahinsterben, hat sie einen Roman in den Pfoten.

LÄUFER. Ich kann Sie versichern, Herr Magister, daß mir's auch so geht.

MAGISTER. Red Er mir nicht! Nun, wird's bald, geht Er bald? Was, ist das Raison, wenn ich in der Schul sitz, schwitz und arbeit den lieben langen Tag, bis ich meinen Jungen den Cellarius und die Grammatik in Kopf bring, sitzt Er derweil hier mit seinen Windleicht, verdirbt mehr an meinem eignen Kind, als ich dort nutz. Ich will Ihm! geht Er? Blitz und Wetter in all die Schöngeisterei hinein!

LÄUFER. Herr Magister, bedenken Sie doch nur! Rechnen Sie mich doch nicht unter sie; ich bin ja ein geschworner Feind davon.

MAGISTER. Nicht wahr! Herr Franz, des Herrn Geheimdenrats Sohn ist eins mit mir. Ich hab immer noch was auf Ihn gehalten, weil Er manchmal bei ihm ist. Nun hör Er! Er ging jetzt spazieren, da war ich dann so frei, ging zu ihm, wie er denn leutselig ist, gleich mit einem redt. Da sagt ich so verschiedenes, was ich denk von der Sache. »Sie haben recht, Herr Magister«, war seine Antwort; »die Mädchen werden verdorben, hängen sich allerhand Dinge in den Kopf. Ein schlechter Kerl macht's sich zunutz, oder kommen sie glücklich durch, gibt's böse Ehen.« Und ach! da weiß ich mein Liedchen von zu singen.

SUSCHEN. Aber lieber Vater, Herr Läufer will ja keins mehr lesen, er hat auch nicht mit mir davon geredt, gewiß nicht.

MAGISTER. He Suschen! in deiner Ficke, was war das? Bleib du bei deinem Gesangbuch, liebes Suschen, und deiner Bibel, da wirst du eine gute Frau. Die hängen dir den Kopf voll, und das taugt nichts, ein für allemal nichts. Ist dir kein Mann mehr recht, und ein rechtschaffner Kerl nimmt dich nicht. Wirst doch so keinen Belletristen haben wollen? Sei gut; lies mir nichts! Wie hat mir's deine Mutter gemacht; denk Fikchen, da hatte sie ein Buch gelesen, den Grandison nennen sie's, das hat ihr den Kopf verrückt; sie hatte ein Romanfieber, ein verfluchtes Grandisonenfieber. Herr Läufer, ich war ein geplagter Mann. Es war just so ein Kerl, wie Er, der ihr das Buch brachte: drum kann ich Ihn auch nicht leiden, Ihn und seine Kompers nicht. Aber Suschen, auf dem Todbette mußte sie mir ihr Grandisonenfieber vor dem Geistlichen bereuen. Gott hab sie selig; sie hätte dich gewiß verdorben.

SUSCHEN. Ich will nie was lesen.

MAGISTER. Recht, Suschen! denk nur, da saß sie da, kam ich aus der Schul, und hatte des Tages Last getragen. Ein Roman in den Pfoten; war nicht von der Stelle zu bringen, ich mußte mir oft die Suppe selbst kochen. Machte sie's zu toll, und ich sagt was; gleich war sie da, »hättest du ein zärtliches Herz und Gefühl!« Daß dich die Pest! bin mein Leben ein guter Mensch gewesen. Wenn mir alles widerfuhr, ich war einmal todkrank, das tat ihr lange nicht so weh, als wenn einer von den Romanhelden in Gefahr war; da konnte sie aufs Buch weinen de mortuis non nisi bene. Gott hab sie selig; schlag ihr nicht nach, Suschen!

SUSCHEN. Gewiß nicht, lieber Vater. Herr Läufer möchte noch ein bißchen dableiben, wenn Er's erlaubte.

MAGISTER. Suschen! Suschen!

Zweite Szene

Kaffeehaus.

Herr von Brand. Baron Blum Brett spielend.

VON BRAND. Laß es gut sein, Blum; das Spiel ist zu kalt für die Wallungen meines Bluts. Ich kann nicht begreifen, wie einer an dem Spiel sitzen kann. Sag mir was, zerstreu mich, jag mir die Bilder vor den Augen weg!

BLUM. Mit dir geht's so wunderbar, weiß der Teufel, wie's wieder mit dir steht! Immer im Taumel! was soll noch draus werden, ewiger Kreusel? Was jagt dich wieder? He Grillen, Grillen? zum Teufel mit, lieber Brand! Komm, wir wollen aufs Billard.

VON BRAND. Bei jedem Ball, den ich wegstieß, säh ich mich, wie ich herumgejagt werde. Ach, ich war immer ein ehrlicher Kerl. Mangel! Mangel! und ich mußte im Hause sein, sollt ich auch der unterste Bediente sein. Wo sie ist! Leidenschaft! brennende Leidenschaft! ich möchte mir die Augen aus dem Kopf reißen. Blum, ich war immer ein ehrlicher Kerl. Besser, ich wäre betteln gegangen.

BLUM. Bist's noch, Brand. Warum sollst du keiner mehr sein? Narre du! Weil du bei der Gesandtin geschlafen hast etwa? Pfui, für einen Kavalier, der zweimal in Paris war, hält sich für keinen honetten Kerl, weil er beim schönsten Weibe gelegen.

VON BRAND. Ich möchte dir die Gurgel zudrücken, daß du's nie wieder sagen könntest. Mir war immer die Keuschheit das Heiligste am Weibe. Und ich ihr Zerstörer! Liebe! und immer mehr Liebe, und immer mehr Zerstörer! Mein einziger Wunsch und Begierde! Hör, lieber Blum, die ganze Familie kann zugrunde gehn, die Kerls am Hofe alle sind wider sie.

BLUM. Was tut dir das? Was verlierst du dabei?

VON BRAND. Hund, du bist doch aufgetrocknet bis auf den letzten Gran von ich will nicht sagen Rechtschaffenheit, die war nie dein Teil, nur Menschlichkeit, kein Gran mehr übrig.

BLUM. Wo soll dies her? Ist nicht Seel und Geist schlaff? Mattigkeit der Glieder meine Folgerin? Krachen meine Beine nicht unter mir? Alles Mark ausgetrocknet und Krampf in den Knochen. Alles hin; Festigkeit, Kraft, Zufluß der Jugend. O das aufgeleckt, hol der Teufel das andre! Ich mag mich und keinen Menschen mehr ansehen. Es ist eine verfluchte Existenz, euch Kerls zuzusehen, wie's in euch kocht und wallt.

VON BRAND. Recht, Wollüstling! O könnt ich die Sünde von meiner Seele abwaschen; könnt ich sie erst aus diesem Herzen reißen. Der arme Gesandte! ich kann nicht los.

BLUM. Fecht mir nicht so mit den Armen! lärm nicht! Mögst ein guter Akteur werden, den Gewissenhaften zu spielen. Wollen aufs Billard.

VON BRAND *zieht die Uhr heraus.* Sechs Uhr. *Fällt ihm das Portrait in die Augen.* Kommst du mir vor die Augen? So ein Weib, so ein Weib! Sie war ein Engel, ein hoher unbegreiflicher Engel, und durch mich niedergerissen, vom Thron herunter. Ach der Taumel! der Taumel! wen ein Weib gefangen hat! Ein kleiner Funken in die reinste Brust sich eingeschlichen hat Das Weib ist hin, das Weib ist hin! Du Engel! ich kann dich nicht wieder auf deine Höhe stellen, und könnt ich's, ich liebe brennend.

BLUM. Hör auf, Brand, um Gottes willen; es kommen Leute. Kommst du denn her, deine Geheimnisse auszurufen, Marktschreier?

VON BRAND. Wenn's so fortgeht Malchen! Malchen!

Dritte Szene

Geheimderatswohnung.

Gesandter. Franz.

FRANZ. Lieber Bruder, hier halt ich's nicht aus. Du kennst mich und weißt, daß ich mich ins Verhältnis vom Hofe nicht schicken kann, am wenigsten jetzo. Ich will aufs Land gehn, mir einige Monate wieder selbst leben.

GESANDTER. Es ist mir leid; ich weiß am besten, was ich an dir verlier. Geh hin, aber sag, nur e i n e n Monat, kehr in einem Monat zurück!

FRANZ. Wir wollen sehen. Hat mich das Ding nicht schon geschoren! Lieber Bruder, es ist was am Hof im Werk, weh dem, dem's gilt! Wenn ich nicht wüßte, daß sie mich alle haßten, weiß nicht warum, hätt ich Argwohn. Doch laß es; ob einem ein Geheimderat eine scheele oder lächelnde Miene mehr oder weniger macht, was kommt darauf an? Ich wette meinen Kopf, sie lassen mich zu nichts mehr; ich hab ihnen aber auch das Ding vor die Augen gestellt, und wie sie um sich sahen ich hätt ihnen hinter die Ohren schmeißen mögen, den großen Perücken, und seiner Exzellenz dem Herrn Grafen macht sich so einer dick, lieber Himmel, wo kaltes Blut herkriegen?

GESANDTER. Bist aber auch zu hitzig, sprachst mit einem Feuer

FRANZ. Es galt aber auch. Was; sie wollten hinter meinem Vater alle Ich bin ein junger Kerl, das ist wahr, aber ich seh doch.

GESANDTER. Siehst mehr, als sie alle, Franz. Muß man aber das die Leute weismachen?

FRANZ. Wir kommen nicht aus, Bruder. Gottlob, daß ich nicht in Diensten steh, sie hetzten mich zu Tod in kurzem. Deine Geduld wird erfordert, Gesandter!

GESANDTER. Wenn du wüßtest, wie's manchmal anders in meinem Herzen ist, wie mich's preßt und fast erstickt, und doch muß ich Kälte affektieren

FRANZ. Lieber Gott!

GESANDTER. Eiskalt scheinen, und tu ich's nicht Franz, ich hab ein Weib, ein liebes Weib.

FRANZ. Gott segne meine Schwester! sie ist es.

GESANDTER. Ich hab Kinder, und hätt ich die nicht, mein Weib nicht, bei Gott, Franz, der Fürst hielte mich nicht, und fiel er mir zu Füßen, machte mich zum ersten Staatsminister.

FRANZ. Sei geduldig, Lieber! Und mir, lieber Himmel, gib nur ein klein wenig Geduld; nicht viel Geduld, daß es nicht ausarte in Fühllosigkeit! Nur so viel Geduld, daß ich um mich schaue, wie's den andern tut, wenn ich dahinrase. Laß es in mir brausen, aber nur nicht stürmen.

GESANDTER. Ja, Franz, du weißt, der Sturm reißt allenthalben nieder, und hinter ihm ist Weinen und Wehklagen. Dein kochendes Blut kann nutzen, aber überlege nur; wieviel fehlte, wir wären alle hingerissen durch dich. Liegen sie nicht alle dem Fürsten in den Ohren?

FRANZ. Drum geh ich weg. Ich weiß, wenn ich hier blieb, ging's mit Riesenschritten, ich schlüg hinein

GESANDTER. Und könnte dir gehn wie dem Jungen, der ins Wespennest schlug.

FRANZ. Vielleicht Nieder Hitze! sieh, es tobt in mir. Das Donnerwetter, die Kerls! Laß es gut sein, das Ding muß so getrieben werden. Geht mein Vater zum Fürsten?

GESANDTER. Er hat ihn beschicken lassen.

FRANZ. Ich will's nicht abwarten. Mein Vater mag's leiten und am besten. Der Fürst kann seinen ehrlichen Rat nicht entbehren. Wenn er sie alle zusammennimmt, all ihre Weisheit und Gehirn, kommt er keinen Schritt weiter mit ihnen. Ich erstaune über meinen Vater, wie er sich durchgearbeitet; das Ding alle vor ihm liegt, er darf nur greifen, so ist die schwerste Sach in Ordnung.

GESANDTER. Und setzt all sein Vermögen zu.

FRANZ. Was, der Quark! Wir haben zu leben, ließen sie uns nur ungeschoren dabei. Wir haben Kraft, Bruder, und die ist noch im Treiben, solang das ist, Gesandter

Gorg und Fränzchen kommen gelaufen.

GORG. Da bin ich.

FRÄNZCHEN. Und da bin ich. Hast du was, Lieber, für mich? Kann dir auch viel erzählen. Guten Abend Papa, hast mich auch lieb, Papa?

GESANDTER. Freilich. Hast du mich denn auch lieb, Fränzchen?

FRÄNZCHEN. Recht im Herzen drin.

GORG. Und ich, Papa, o ich hab dich recht lieb. Der Franz hat mir meinen Raritätenkasten zerbrochen, waren so viel artige Bilder drin.

FRÄNZCHEN. Papa, er wollte die Kinder nicht 'neingucken lassen, und das war doch garstig. Konnte immer meinen Lärmen haben, wenn sie sich recht freuten.

FRANZ. Mußt du's denn gleich entzweischlagen?

FRÄNZCHEN. Er hat mir aber auch mein Kartenschloß, das so groß war, zerschmissen, und das du mir machtest. Hatt es recht lieb. Und Raritätenkästen gibt's viel; aber nicht Schlösser, und Franz macht sie nicht alle Tage.

GORG. Essen wir bald? Der Präzeptor blieb heut so lang da.

FRÄNZCHEN. Ich bin bald eingeschlafen, Papa. Hat so viel gesagt, daß ich's nicht weiß mehr. Halt's mit einem schönen Märchen. Erzähl mir doch das wieder, Franz, vom Handwerksbursch, der die Prinzessin erlöst, und vom Esel mit den Glocken.

FRANZ. Ist jetzt nicht Zeit.

FRÄNZCHEN. Nu will ich eins erzählen, das ich heut erdacht, wie der Präzeptor da war, und von einem Land sagte, heißt heißt wie heißt's, Gorg?

GORG. Amerika.

GESANDTER. Schön, daß du Märchen erdichtest, wenn der Präzeptor da ist. Ich wett, dein Bruder weiß alles.

FRÄNZCHEN. Was geht's aber mich an, Papa?

FRANZ. Gut, Junge.

GESANDTER. Was ist Amerika, Gorg?

GORG. Ein neuer Teil der Welt, erfunden von Kolumbus.

FRÄNZCHEN. Will dir sagen, Papa, hätt's gern behalten. Da hat er aber soviel gesagt, wie sie die Leute all drin umgebracht, ihr Geld genommen, das hat mir leid getan, hab's denn vergessen.

FRANZ. Goldjunge! setz dich auf mein Knie!

FRÄNZCHEN. Laß mich auch reuten. Ha ra, ra, ra, ra, ra. Hurtig.

Vierte Szene

Gesandtin. Louise.

LOUISE. »Und fing vor langer Weil zu donnern an.« Ha, ha, ha, der ** ist doch ein charmanter Mensch. Kein Franzos kann so galant von etwas reden, als er. Die Vorurteile macht er doch alle so liebenswürdig lächerlich. Und sein Pinsel in Wollust und Freude getaucht, und von Grazien geführt. Wie er so toll mit dem Dings umgeht, die Überspannung heruntersetzt. Ha, ha, ha, die Überspannung; da ist's aus, liegt man an der krank. Deutschland wär eine Mördergrube ohne ihn. Er gibt den Ton jetzt; der einzige für die galante Welt.

GESANDTIN *am Klavier.* Was nennst denn du galante Welt?

LOUISE. Das war gefragt, gnädige Frau! Was galante Welt? Fragen Sie den Herrn von Brand, den **. Sie sind ein paar Tage schon tiefsinnig, Sie waren es nie so arg. Ihr Adonis

GESANDTIN. Schweig!

LOUISE. Wenn Sie's erlauben, bin ich verliebt in ihn. Großer Gott! wie vergingen mir die Sinnen auf der letzten Redoute! All das Idealische, Überirdische; jede Bewegung Grazie wenn er tanzte! gnädige Frau, ich hab manchen schönen Mann gesehn.

GESANDTIN. Schweig!

LOUISE. War ich doch so glücklich, in Teutschland zu finden, was meine Augen nirgends sahen. Ein Frauenzimmer wie Danae mit der sanften Schattierung von Psyche, und darf ich's sagen einen Agathon.

GESANDTIN. Du machst mich böse.

LOUISE. Auch wieder gut, gnädige Frau. Soll ich lesen, wie Agathon die Danae schlafend fand? Ich hol ihn von der Toilette.

GESANDTIN. Ich will nichts mehr von ihm wissen, vom ganzen ** nichts. Ein weiblich Aug sollte nicht hineinschauen. Hätt mich Gott bewahrt; mit dem Brand wär ich nie so weit gekommen.

LOUISE. Mon Dieu! wer kann's Ihnen denn auch recht machen? Bald so, bald so. Franz, der schwere Engländer, sagt immer: »Weib, dein Name ist Schwachheit«, sollte sagen Veränderlichkeit. Vor wenig Tagen ging nichts übern **.

GESANDTIN. Brand! Brand! Hast mich meinem Mann, meinem treuen Mann geraubt.

LOUISE. Was vor Einfälle, gnädige Frau! Lachen Sie, muntern Sie sich auf! Sie werden ja so kleinstädtisch, wie eine honette Bürgersfrau.

GESANDTIN. Schweig, sag ich dir. Unglückliche!

Spielt eine Melodie.

LOUISE. Nun das war doch wirklich zum Sterben traurig. Doch nicht Ihre Phantasie, gnädige Frau? Das lautet gar erbärmlich. Nehmen Sie was Munteres. Ich will was im ** lesen. Kostbarer **

GESANDTIN. Wo du noch ein Wort redst! Ach tief! tief gefallen. Behüte mich Gott! tief gefallen!

LOUISE. Das versichre ich aber auf meine Seele, daß ich nie eine Mannsperson gesehen habe, so in ihrem ganzen herrlichen, männlich schönen, hinreißenden Wesen, als den Brand auf der Redoute. Wie seine Seele an Ihnen hing, Sie sein einziger Gedanke, sein einziges Sein schienen, wie seine Augen sich in Ihren Reizen verloren! Und beim Walzen! er glühte, war weg. Aug gegen Aug. Der Himmel um Sie beide und so hinausgefahren Blitz! göttlich! göttlich!

GESANDTIN. Er ist schön, sehr schön. Könnt ich's verbeten, die Stunde verbeten! Er ist schön, Louise, und Gott weiß, das Weib ist schwach.

LOUISE. Mit Ihrem ewigen Seufzen! er ist schön, und hinten der moralische Satz nach, wie in einer Leichenpredigt: das Leben ist bitter. Desto besser, wenn er schön ist. Soll er's nicht sein?

GESANDTIN. Mein Mann! war ich nicht da, seine einzige Glückseligkeit auszumachen, für ihn ganz allein da?

LOUISE. Ich will Ihnen was vorspielen.

Spielt ein französisch Lied.

GESANDTIN. Mir vorspielen? ja, spiel mir vor! Ich konnte meine Seele oft laben an meinem Klavier. Es ist nun so, mag's denn! Könnt ich meinen Mann ansehen aber dann, dann seh ich all meine Schuld. Und die Güte! Hier liegt's Was sind das für Gedanken? was spielst du! was sollen diese Töne? Du reißt mich aus meiner Fassung. O Brand! Brand!

LOUISE. Wie gefiel Ihnen diese Passage?

MALCHEN. Mama! Mama!

GESANDTIN. Was ist dir?

MALCHEN. Der Franz hat mich gejagt.

FRANZ. Die kleine Närrin, ich wollte sie tragen, da lief sie.

MALCHEN. Er geht aber auch gar wild mit einem um. Verdirbt mir die Frisur, und ich werd gezankt.

FRANZ. Wie steht's, Schwester? Munter; lustig! Nun ich glaub fast, Liebe, hier hängt dir ein Tränchen.

GESANDTIN. Wohl gar.

FRANZ. Wir gehn zu Tische, Schwester! Ich wollte dich abholen.

Fünfte Szene

Von Brand in seiner Stube.

VON BRAND. Soll ich hingehen? soll ich? du trinkst mehr Gift. Soll ich? will ich? Da liegt's. Ich will, will immer, weil meine Sinne trunken sind. »Ich weiß nicht, was mich ängstet, lieber Brand!« das fiel mir aufs Herz. Sie ängstet sich. O du heiliger Engel! Könnt ich's gutmachen, alle Männer sollten mich mit Pfriemen hauen, bis ich meinen Geist aufgäbe. Hier steht sie vor meiner Seele ich muß sie sehn. Diese Nacht!

Sechste Szene

Nachtessen.

Geheimderat. Gesandter. Gesandtin. Franz. von Brand.

GEHEIMDERAT. Sei doch ruhig, Sohn!

GESANDTER. Franz, ich hab's gesehn, wie's in der Welt geht. Laß jetzt deinen Kopf ganz heraus, hier muß laviert sein. Um die Klippen herum ganz leise durchgeschlichen! Stürme du drauflos, und du scheiterst. Es ist gefährlich, auf der offnen See mit einem lechen Kahn zu schiffen, und leider! ist das unsre Lage.

GEHEIMDERAT. Der Gesandte hat recht, Sohn! Was das für ein Elend ist, wenn man so gehen muß. Ist aber nun einmal. Menschheit! Ich hab alles aufgeopfert, und Gott weiß, es ist mir nicht weh drum. Jetzt, wo ich bloß darauf ging, des Fürsten Nutzen zu befördern

FRANZ. Ich kann nicht zuhören! Machen Sie's zusammen. Ich reit noch diese Nacht weg. Ich will von allem nichts wissen und hören. Blieb' hier, ich stieß' alles nieder.

GEHEIMDERAT. Tollkopf! was wird genutzt? Ha! was wird genutzt? Ich bin alt. Denk, dein Vater ist alt. Soll ich durch deine Unbesonnenheit Ehr und Leben verlieren?

FRANZ. Ruhig, lieber Papa, ich bin's auch, will's sein. Ich versprech Ihnen, von allem nichts zu wissen. Ich will so unwissend ruhig sein

GEHEIMDERAT. In deinen Jahren war ich auch so, immer mit der Hitze der erste. Ehe ich mich's versah, lag ich.

FRANZ. Alles nach Ihrem Willen, Papa.

GEHEIMDERAT. Nun gut, ich trau dir viel zu, aber nur kälter! Nun, mit der Zeit wird's schon kommen. Was hab ich nicht in der Welt gelitten, Franz, bis ich's so weit bracht, und wär ich nie hingekommen. Hätt ich eine Hacke genommen, dem ersten besten Bauern fürs Taglohn gearbeitet! Was hab ich nun? daß ich meine Kräfte Undankbaren verschwendet, die mich stürzen wollen. Zwanzig Jahr ging alles durch meinen Kopf, mußte allen Freuden des Lebens entsagen, hab geduldet, und dulde noch.

FRANZ. Ich lern's von Ihnen. Und was auch über mich ergehe.

GEHEIMDERAT. Dient's denn zu was, junger Mensch? In der Welt geschieht nichts durch Sprünge. Laß uns gehen, wie rechtschaffne Leute, am Ende muß sich's finden. Was dein Doktor letzt sagte, fällt mir immer ein. »Es war ein breiter Fluß«, sagte er, »saß einer am Ufer, mußte hinüber, und wußte doch nicht hinüberzukommen. Auf dem gegenseitigen Ufer saß ein Poet, sang ihm das Lied vor vom Pegasus, wie der über Berg, See und alles geflohen. Das ärgerte den Kerl. Kam einer zu ihm, sagte: 'Hör, ich will dich hinüberbringen. Ich hab da einen Kahn, er ist zwar lech, ich will dich aber hinbringen.' Der Kerl ruderte, und so kamen sie hin über den Fluß. Er gab dem Mann ein Trinkgeld, schmiß den Poet hinter die Ohren« und so geht die Welt, junger Herr!

FRANZ. Recht, lieber Vater! Lassen Sie's! Ich war doch so ganz in meinem guten Wesen, da wir zu Tisch gingen.

GEHEIMDERAT. So gefällst du mir am besten.

FRANZ. Wir haben das Essen vergessen.

GESANDTER. Willst du das, Malchen? sag, Liebe, ist nicht wahr, von diesem!

FRANZ. Herr von Brand, trinken Sie doch! Was suchen Sie in dem Teller? Lieber Gott, sein Sie doch munter!

VON BRAND. Kann man's immer sein?

FRANZ. Ich bitt Sie, hängen Sie sich nichts in Kopf! Nehmen Sie den Tag, der andre wird's schon geben, und so immer weiter. Bei Ihren Kräften hat man wahrhaftig nicht nötig, um Fortkommen bekümmert zu sein.

GEHEIMDERAT. Könnt ich's Ihnen doch noch ans Herz legen, Brand, daß Sie duldeten! Sie sehn, es muß gut gehen, soll gut gehen. Sie sind in meinem Haus, alles ist Ihr, wie mein. Haben Sie kein Geld mehr? sagen Sie nur ein Wort, solang ich hab, sollen Sie nicht mangeln.

VON BRAND. Den Bettler im Staatskleide, Herr Geheimderat!

FRANZ. Ihr Stolz ist gut, lieber Brand. Ein Mann muß Stolz haben. Wie wir aber nun zusammen sind, dächt ich, Sie nähmen es anders.

VON BRAND. Aber so immer fort.

GEHEIMDERAT. Bald zu Ende. Der General hat mir versprochen, in einem Monat sollen Sie eine Kompanie haben.

VON BRAND. Versprochen?

GEHEIMDERAT. Sie haben recht, daß Sie das Wort auffangen. Ich kann's auch nicht leiden, brauch's auch nie. Aber ich weiß, er hält Wort, der General. Ist das nichts, so ist's was anders. Nur ruhig, ruhig! Daß man euch nicht genug sagen kann. Nun trinken Sie, Brand, die Grillen weg!

VON BRAND. Halt ich's aus?

GESANDTER. Was machen die Kleinen, Malchen?

GESANDTIN. Sie werden zu Bette sein.

FRANZ. Bring mir die Kinder her, Schwester! Und sollten sie in den Nachthemden kommen. Mein Fränzchen, Liebe, ich muß ihnen adieu sagen.

GESANDTIN. In Nachtkleidern?

FRANZ. Warum denn nicht? Was hat das auf sich! Laß mir meine Kleinen kommen. Du weißt, ich geh diesen Abend noch weg.

GESANDTIN. Da sollt ich's just nicht tun, weil du uns verläßt. Die Julie?

FRANZ. Meinst du? ich will sie selbst holen.

GESANDTIN. Er ist verliebt.

GEHEIMDERAT. Ist er's?

GESANDTIN. Gewiß.

GEHEIMDERAT. Gut, das wirft ihn wieder ein bißchen herum. Gott erhalt ihn mir! Ich stell ihn gegen den ganzen Hof. Herr Sohn, er hat's ihnen vorgelegt, ich hätt rasend mögen werden für Freude. Da staunten sie, wie Weibsleute, denen der Putz verdorben wird, gafften, und er immer in sie hinein. Mich wundert auch nicht, daß es so gegangen.

GESANDTER. Besonders der Graf.

GEHEIMDERAT. Der machte ihm ein tief Kompliment; und der Teufel sah ihm aus den Augen heraus. Bück du dich, dacht ich, du hast deinen Mann.

GESANDTIN. Soll's von übeln Folgen sein?

GEHEIMDERAT. Mag's!

Franz zwei Kinder tragend.

EINS *trippelt nebenher.* Trag mich doch auch!

FRANZ. Hier Jungens. Stühl! gib ihnen was, Schwester! Erzähl was, Fränzchen!

FRÄNZCHEN. Guten Abend, Großpapa, Mama, Papa. *Andre auch »Guten Abend«.*

FRANZ. Schwatz was, Fränzchen.

FRÄNZCHEN. Gib mir erst was! dort vom Brezelchen.

GORG. Mir auch!

GESANDTIN. Komm auf meinen Schoß, Malchen!

FRANZ. Erzähl, Fränzchen!

Siebende Szene

Garten.

Von Brand. Gesandtin.

VON BRAND. Warum fährst du an der Laube zurück?

GESANDTIN. Verzeih dir Gott die Frage!

VON BRAND. Malchen!

GESANDTIN. Lieber Brand!

VON BRAND. Was ist dir?

GESANDTIN. Ach! ich kann den Himmel, den schönen weiten Himmel nicht mehr ansehen. Ihr keuschen harmonischen Sterne! Keusch! lieber Brand, warum sagen die Dichter, die keusche Sterne? Heiliger Ausdruck! ich konnte dich fühlen. Ihr keuschen Sterne, silberner blasser Mond! leuchtet, leuchtet, ihr leuchtet einem unkeuschen Weibe Angst in die Seele. Brand, ist das der Polarstern?

VON BRAND. Er ist es.

GESANDTIN. Und Stuhl Gottes. *Neigt sich.* Vor deinem Angesicht sündigte ich; so war's eine Nacht. Alles, alles sah es meine Augen vergehn mir.

VON BRAND. Du weinst. Engel, du weinst.

GESANDTIN. Über meine Sünde, Brand! Und in meiner Brust brennt's o fühl's, ich bin bereit, neue zu begehen. Mächtiger, über diesen Sternen!

VON BRAND. Du zerreißt mir noch das Herz mit deinem Geschwätz. Ich halt's nicht aus, ja ich will's tun.

GESANDTIN. Was willst du tun?

VON BRAND. Mich totschießen; vor deinen Augen will ich's tun. Ich bin nichts, ganz nichts ohne dich. Und du, Grausame!

GESANDTIN. O lieber Brand, wenn du ein Weib wärest; so geschaffen, wie ich hättest einen Mann, der dich so zärtlich liebte, dessen ganzes Leben Güte gegen dich wäre

VON BRAND. Halt ein, halt ein, ich muß enden!

GESANDTIN. Und glaubst du, daß ich hier bleibe? Nein, du sollst bleiben, deine Knie will ich mit meinen Haaren umwinden, dich fesseln mit; du sollst mich wegreißen, vor meinen Mann hinreißen, und ich will vor ihm liegen, wie ich hier liege vor Gott. Hier sollst du bleiben, alles mit mir leiden, es werde, was es wolle.

VON BRAND. Gib mir zu leiden, o gib mir alles! Ich trage aller Welt Sünde für dich.

GESANDTIN. Hör Brand! lieber Brand Hah, schon an deinem Herzen klopft's fühl's was ist das Geräusch?

VON BRAND. Die Blätter der Bäume, Liebe.

GESANDTIN. Wo? wo rauschte es? rauschte es an der Laube?

VON BRAND. Kann ich das wissen?

GESANDTIN. Sieh, wenn ich so des Nachts ohne dich im Garten geh, das ich oft tu, wenn mich's von meinem Mann jagt; komm an die Laube, und nur ein Blättchen rauscht, ein leichtes Windchen nur fährt durchs Gesträuch, ach! da fährt mir's durchs Herz, ich höre, wie 's Blättchen mir zuruft: wir rauschten da du sündigtest, und deine Ohren waren verstopft.

VON BRAND. Ich halt's nicht aus. Hatt ich nicht ein Recht auf dich, eh dein Mann kam? nur dein Vater war schuld. Gab mir deine Liebe nicht ein Recht? und meine brennende Liebe? Hatt ich nicht alles für mich? Sag, Malchen, rede.

GESANDTIN. Eine Ursach, federleicht. Wirst du sie erwägen dort über meinem Polarstern?

VON BRAND. Träumerin! unglückliche Schwärmerin! mußt ich verdammt sein, dich zu sehen? Gott verzeiht dir eher als mir; er machte dich mehr als Weib. Hier liegen, ruhen meine Augen, in deinen unaussprechlichen Reizen wühlen sie. Ich verführte. Malchen! Malchen! *Umfaßt sie.* so müssen wir in die andre Welt gehn. *Küßt sie.* Malchen! dich in meinen Armen! so was! was! was fühle ich?

GESANDTIN. Brand, schone meiner! ich geh zugrunde. Entreiß mir den Himmel nicht ganz!

VON BRAND. Wenn du mich liebst, wenn du mich liebst! alle, alle Verdammung nichts.

GESANDTIN. Laß mich los! Unglücklicher, wie spielst du mit mir?

VON BRAND. Und du! o du allmächtiger Gott, wie bin ich denn! ich kann's nicht sagen. Die Liebe hat ja meine Seele, mein ganzes Wesen und Sein so gefangengenommen, ich kann nichts denken Malchen!

GESANDTIN. Nun, Brand, knie nieder mit mir; hilf mir Gott unsere Sünden abbeten.

VON BRAND. Ich in deiner Gegenwart beten! Ich würde um den Genuß der Sünde beten.

GESANDTIN. Ach! daß du recht hast, ich würde unterm Beten sündigen. Du mußt gehen.

VON BRAND. Muß ich? muß ich?

GESANDTIN. Lieber Brand, du sagst, du liebst mich.

VON BRAND. Tu ich's?

GESANDTIN. Nun, so gib mir nur ein bißchen Ruhe, nur ein bißchen Ruhe; daß es mich nicht aufschrecke neben meinem Mann. Tu's um unsrer Liebe willen; nur ein bißchen Ruh macht mich glücklich, so viele Ruhe, ich kann's nicht sagen, wie wenig; und doch war mir geholfen damit.

VON BRAND. Du willst mich umbringen, daß ich wegkomme. Hab ich Ruhe? Hätt ich die Ruhe eines Heiligen, wollt ich dir sie nicht alle geben, und Pein leiden?

GESANDTIN. Strafe! Strafe!

VON BRAND. Malchen.

GESANDTIN. Brand!

VON BRAND. Kannst du schlafen?

GESANDTIN. Kannst du schlafen?

Achte Szene

Baron Blum. Schöne Geister. Maidels.

SOPHCHEN. Champagner, Herr Baron?

BLUM. Und für Euch Malaga. Nun, meine Herren dort, ob Sie die Messe die neue Poeten alle kaufen oder nicht, das wird Ihnen die Freude lang nicht machen, die Ihnen Lieschen macht. Gib mir eins, Lieschen!

1. SCHÖNER GEIST. Aber Herr Baron, Sie nur allein küssen diese Rosenwangen, und wir müssen das Zusehn haben.

BLUM. Närrisch genug! ist ja gegen euren Plato.

1. SCHÖNER GEIST. Den Teufel!

2. SCHÖNER GEIST. Lieschen, *Kneipt ihr in die Backen.* wo ist Betchen?

LIESCHEN. In der Küche, brät Lerchen, macht Artischockenbrüh.

2. SCHÖNER GEIST. Haben wir Vögel?

LIESCHEN. Lerchen, Herr Poet.

2. SCHÖNER GEIST. Ich muß ihr doch guten Abend sagen.

LIESCHEN *durch ein Fensterchen sprechend, das in die Küche geht.* Der Poet kommt, tu ihm die Schürze an.

BETCHEN *aus der Küche.* Will ihm die Brüh ums Maul schmieren, kommt er mir.

BLUM. Aber, meine Herren, die Sie immer von Ideal, Schönheit und Tugend das Maul so voll haben, he, sagen Sie mir doch, warum Sie hier ho, he, Sie schwatzen doch so gegen das Sinnliche, rupfen den andern die Federn aus; und die dem Plato, zieren den Diskurs mit sagen Sie mir doch he, warum Sie nach der Komödie zu Lieschen und Sophchen laufen?

1. SCHÖNER GEIST. Die Zeiten ändern sich, man nähert sich dem Menschen immer mehr. Es war eine Zeit, da lebten wir alle von Plato, Hutcheson, und den Hymnen, Dialogen, die aus der Schweiz kamen. Die blieben aus, vergaßen sich selbst, es war der rechte Weg nicht

BLUM. Das war der beste Einfall, den Ihr in Eurem Leben gehabt. Erzählt mir doch was von den neuen Poeten, und Euren Mitbrüdern den schönen Geistern, aber nur so lang, bis Champagner kommt, denn kein Wort mehr! Nu?

SCHÖNER GEIST. Ei hier, das wär Prostitution.

BLUM. Und räsoniert übern Plato, ihr. Der Teufel soll euch holen! Erzählt, oder ich wette euch. Von der Literatur will ich Neues wissen

SCHÖNER GEIST. O Herr Baron!

SCHÖNER GEIST. Wein, Herr Baron!

SOPHCHEN. Was lärmst du, Sturmglock? Da hast du Wein, hab noch ein Restchen gefunden vom letzten Schmaus, den Louis gegeben. Ist er desertiert, Blumchen? Es geht schlecht, Blumchen!

BARON. Ja bei mir gewiß. Die Freude des Lebens hin! Ach Sophchen zerronnen, zerronnen bedauerst du mich nicht?

SOPHCHEN. Kommt schon wieder.

MAGD. Herr Baron, da fragt ein Herr nach Ihnen.

Kommt Einer mit Reis'hut. Die vorderste Grempe heruntergeschlagen, tief ins Gesicht. Mädchen beleuchten ihn.

BETCHEN *gelaufen.* Ein niedlich Gesicht bei meiner Ehr! könnt man's wohl sehen? Mit Erlaubnis! *Er drückt den Hut immer tiefer ins Gesicht. Beleuchten ihn immer näher.*

SOPHCHEN. Coquin! Coquin!

BARON. Der Teufel, bist du's?

UNBEKANNTER. Sollst morgen früh zum Louis kommen.

BLUM. Gib dich nicht zu erkennen!

SOPHCHEN. Laß dein Gesicht sehen, oder ich kratz dich blutig!

BLUM. Macht 's Essen! Wein her!

SOPHCHEN. Säufer, kannst sonst nichts. Sag, wer ist der?

LIESCHEN. Wir wollen ihn schon kennenlernen.

UNBEKANNTER. Wer sind die?

BLUM. Belletristen. Ist wieder ein Schwarm von Leipzig kommen.

UNBEKANNTER. Das sind mir die Rechten.

Neunte Szene

Andre Seite des Gartens.

Gesandtin. Louis.

GESANDTIN *plötzlich das Fenster aufmachend.* Nur einen kleinen Tropfen Linderung! Gib mir, Gott, den kleinen Tropfen! Was erhebt sich dort? o mein Gewissen!

LOUIS *im Garten.* Ich muß noch hieher in der späten Nacht, sonst hätt ich keine Ruh. Du sitzt fest; so fest hat's noch nicht an meinem Herzen gehangen. Schenk mir die Stunde, mein Gestirn! Wenn's wahr wäre, daß sie den Brand in dem Gedanken, Tod und Hölle! Nach der Erzählung, er soll sie geliebt haben, sie ihn, *Knirscht mit den Zähnen.* und ich härmte mich bleich und ohnmächtig; läg hier des Nachts auf der Fußschwelle, leckte ihre Fußtritte ich muß hin, mich letzen, *Eilt nach der Tür; wirft sich auf die Schwelle.* Gesandtin! hier, wo du auftrittst, muß ich liegen; und glaub, König zu sein. Ha! hätt ich nur dein Bild, ich löscht es aus mit meinen feurigen Küssen er genöß dich o so geh die Welt zugrunde, mein Vater, sein Vermögen und ich! Ich will das Stück blasen, und weckte ich das ganze Haus auf. Mächtige Reize, die ihr mich so hingeworfen, so wie ein Blitz niedergeschmettert. O das Feuer! das Feuer! *Bläst eine sanfte Melodie auf der Flöte. Nachdem er eine Weile geblasen, Gesandtin am Fenster. Louis, der's öffnen hört, leise.* Göttin!

GESANDTIN. O Brand! Brand! daß du mir das Leben nimmst!

LOUIS. Sie war's, sie war's. Sprach seinen Namen, und ihre Stimme ist mir Donner, mehr als Donner und Gift. So muß ich an ihrem Busen liegen, und sollte sie in der ersten Umfassung des Tods sein. Brand! Brand! daß du mir das Leben nimmst.

Zweiter Akt

Erste Szene

Louis im Negligé, lesend. Blum.

LOUIS. O die verfluchten Bücher! da steht sie, da und da, und allenthalben. Läs ich schön schön von ihr? Arme Menschen, was ist eure Sprache, wenn's einem so ist. An ihrem Busen schwur ich, zu liegen, nichts, nichts soll das Wort mehr wegwischen! diese Nacht! *Klingelt.* Wo ist der Kammerdiener? Meinen Überrock. Ich muß ihr Haus sehen.

BEDIENTER. Herr Baron Blum ist da.

LOUIS. Laßt ihn kommen!

BEDIENTER. Er ist schon auf dem Weg.

LOUIS. Ich will ihm warm machen.

BLUM. Guten Morgen, guten Morgen, Herrchen! Du siehst verflucht zerstreut aus.

LOUIS. Du darfst davon reden. Hast du heunt wieder dort logiert?

BLUM. Laß dir den Spuk erzählen!

LOUIS. Hier sind andre Dinge.

BLUM. Laß dir nur erzählen! Ha, ha, was hätt ich drum geben, wär mein junger Graf dagewesen.

LOUIS. Wo denn? mach nur hurtig!

BLUM. Laß mir Schokolade bestellen! Weißt wohl.

LOUIS. Ausgemergelter! Mach nur fort; du sollst dich wundern hernach.

BLUM. Hör, mach mich nicht bös mit deiner Eil! Was soll das? Nu hör. Gestern abend nach der Komödie war ich bei Sophchens, nun das versteht sich.

LOUIS. Was du nur da machst?

BLUM. Ich figurier, wie die schlechten Komödianten, närrisch, bitter närrisch. Wem tut's weh? Nu gut. Da waren die Schönegeister.

LOUIS. Was gehen mich die Kerls an?

BLUM. Hör nur das Zeugs! Junger Herr, man kommt ja nicht aus mit dir. Das sind dir nun Kerls, hatten das Maul beständig voll von Versen, Amors und den Schwänk', das geht mich nichts an. Weiter! Champagner, Bourgogner, Malaga floß; da fühlten sie sich bei den Maidels anfangs gingen sie mit ihnen um, wie mit Göttinnen; ganz sanft und seiden, wurden endlich wilder. Da führt der Teufel auf einmal drei Offiziers herbei, die rochen sie gleich. Der eine kam zu mir: »Was tun die Hunde da? wir brauchen die Maidels «

LOUIS. Ich laß dich zum Haus hinausschmeißen.

BLUM. Hör nur, wie sie geprügelt wurden.

LOUIS. He! die Peitsche!

BLUM. Ich rauf dir die Haare aus, Lecker, du. Was steckt dir im Kopf? Schokolade bestell!

LOUIS. Setz dich! Du gehst mit dem Brand um.

BLUM. Ein trefflicher Mensch.

LOUIS. Blum, entschließ dich diesen Augenblick, alles haarklein zu erzählen; oder ich schieß dich zusammen. Siehst du hier?

Nimmt eine Pistole, schließt die Tür ab.

BLUM. Was dann? Bist du mondsüchtig?

LOUIS. Mehr als mondsüchtig. Sag! du mußt's wissen, wie steht der Brand mit der Gesandtin?

BLUM. Guter Freund mit dem ganzen Hause.

LOUIS. Will ich das wissen? Du kommst mir nicht vom Fleck. Ich laß meine Leute kommen, bind dich an, und laß dich hauen, bis du gestehst.

BLUM. Mich?

LOUIS. Ich hab keine Vernunft mehr. Wärst du mein Vater, ich macht es so. Wie steht der Brand mit der Gesandtin?

BLUM. Was weiß ich?

LOUIS. Du weißt, sie hat mich rasend gemacht. Und meinst du, ich wollt mich immer mit den elenden begnügen? heraus mit; wie stehn sie zusammen? Und wenn dir's im Grund des Herzens säße; ich reiß es heraus.

BLUM. Wie kann ich's aber wissen?

LOUIS. Weil du's wissen mußt, und weil ich Spur hab. Ich will dir's erzählen. Schon viele Nächte hatt ich mein Lager auf der Gesandtin ihrer Schwelle, die Witterung mochte sein, wie sie wollte. Vor einigen Tagen war ich in der Nachbarschaft; hörte den Brand im Garten eine Melodie blasen, lernte sie, gestern abend auf ihrer Schwelle blas ich's ihm nach o Donner! Donner! ihre Engelstimme!

BLUM. Was? was?

LOUIS. Sie öffnete das Fenster, rief »Brand, Brand!« ich war's, zu dem sie's rief. Nun was machst du Augen, Balg? Wie steht dir's an? Hab ich Spur? hab ich?

BLUM. Daß dich der Donner erschlüg in die Erd hinein! Hättst du mich erschossen, wär mir lieber. Nun ich will dir's sagen, sie lieben sich, ja sie hängen zusammen von ihrer Kindheit. Aber hör noch das! Du weißt, daß ich alle Menschen hasse; alles, alles, was Mensch ist, Mann und Weib, nichts such, als ihnen zu schaden, so sehr ich kann. Bei Brand mach ich eine Ausnahme; ihm will ich mein Leben geben, nutzt's ihm was. Und wo du was unternimmst, wo du's verrätst, so stoß ich dich mit dem Brotmesser übern Haufen, und sollt ich auf'm Rad sterben! Hörst, du, Taugnichts? Das bist du; kannst nichts anders sein; der Fürst machte dich im Ehebruche, verführte deine Mutter, und dein Vater ließ es geschehen und nahm Geld; du kannst nichts Bessers sein. Daß dich der Donner erschlüg! meinen Brand! ein Brotmesser, gräflicher Bube, wo ich dich treff, ein Brotmesser, und du sollst krepieren! Das ist meine Meinung.

LOUIS. Bist du fertig? Und du sollst mir behülflich sein, mußt es sein. Ich muß sie an meine Brust drücken, und sollt ich über euch alle hinaus.

BLUM. Den Teufel sollst du! eine alte Hexe, der die Kinnladen herausstehen, die Zähne gefault sind, die weiße Haare ums Kinn hat. Mit Warzen und Finnen überzogen, und die Beine zusammenrappeln, wenn du sie anrührst. Ein Brotmesser, gräflicher Bube!

LOUIS. Sei ruhig, du! Schokolade, Schokolade, nicht wahr Blum? Schokolade, da kommt dir's wieder?

BLUM. Legt sich nächtelang hin. Hätt ich's gewußt, du hättest mir liegen sollen.

LOUIS. Mit dem Alten, dem Gesandten, allen wär's aus gewesen, ich trieb's zurück.

BLUM. Gewaltiger Ruhm! die Absichten

LOUIS. Für was hältst du mich, Blum, für ein Bête? Der Geheimderat sollte diesen Morgen Audienz haben, ich hab's ihm absagen lassen. Wär die Gesandtin nicht sie sollten mir gebüßt haben. Wie sind sie meinem Vater begegnet! Und mir, der Franz, der Alte war mir auch schnippig. Aber sie! Blum, leb auf, wenn ich sie nenn, abgestorbener Ast ohne Saft, leb auf! Du fühlst, ich seh dir's an, du fühlst. Ist's Wunder? einen Toten müßten ihre Blicke zum Leben bringen.

BLUM. Du sollst mir nicht zu deinem Zweck kommen, sollt ich meinen Mund voll Gift dir entgegentragen, um dich zu vergiften.

LOUIS. Schokolade!

Zweite Szene

Gesandtin. Gesandter.

GESANDTIN. Gewiß nicht, Lieber!

GESANDTER. Nein, dir liegt was auf'm Herzen, und was dir ist, ist mir auch; dir kann nichts wehe tun, was ich nicht doppelt fühle. Laß mich den Gedanken nicht herumschleppen! Um meiner Ruhe willen, liebes Malchen, sag, was ist dir?

GESANDTIN. Nichts, Wilhelm, nichts. Du kennst mein weiches Herz, du weißt, was die Einbildung für Vermögen über mich hat, wenn sich einmal so was eingeschlichen hat es ist würklich nichts, lauter Einbildung, sei ruhig!

GESANDTER. Malchen!

GESANDTIN. Sieh mich nicht so an, ich möchte gleich weinen. Gütigster! wie verdien ich's!

GESANDTER. Wie kannst du so was sagen, Beste? es kränkt mich. Sag, was kann ich tun? alles will ich tun. Ich fürcht immer, ich begegnete dir nicht wie ich sollte. Ach, daß man nicht sein eigen ist, und so die Stunden des Lebens einem vergällt werden. Du mußt denken, die Schuld sei oft nicht mein.

GESANDTIN. Genug, genug, lieber Wilhelm! ich wär glücklich. Du hast Wort gehalten, heiliges Wort hast du gehalten. Du gehst mit mir um Wilhelm!

GESANDTER. Und du! Find ich nicht alle meine Glückseligkeit in dir? Wenn ich nur so eine Stunde des Tages mit dir zubringen kann, bin ich getröstet, und müßt ich auch noch einmal soviel Beschwerden und Bitterkeiten ausstehen. So ein Weib wie du liebes Malchen, was sind denn alle Bitterkeiten der Welt. Malchen!

GESANDTIN. Zu wem sagst du das?

GESANDTER. Du bist doch gar zu weich. Weinst schon wieder. Du mußt was haben, das dir Kummer macht. Sag mir's; ich kann nicht ruhig sein.

GESANDTIN. Nichts, nichts.

Geheimderat kommt.

GEHEIMDERAT. Was das heißen soll, was das bedeuten soll? Für was halten sie mich? Guten Morgen, Malchen, hast ja gar geweint.

GESANDTIN. Freude, lieber Papa!

GEHEIMDERAT. Das ist mir lieb, Malchen. Man muß jede Stunde nehmen, das Leben zu fühlen. Ich haß es am Menschen, der sich nur einen Augenblick durch was verdirbt. Was das bedeuten soll? Sie lassen mir die Audienz absagen.

GESANDTER. Die Audienz absagen?

GEHEIMDERAT. Ja, ja, die Audienz beim Fürsten. Es wird ihm nicht gelegen sein; mag's! Ich muß hier stille sitzen, soll nicht an Hof gehen. Kein Wunder, ich rennte hin. Einen ehrlichen Mann herumzuführen! Warum war ich ehrlich? Daß sie mich foppen jetzt? Sollte man nicht die Stunde verfluchen, die man ihnen aufgeopfert? Mein Leben und Kraft. Ein Schurke hätt ich sein sollen, dumm und boshaft. Verzeih mir Gott, ich will so bleiben.

GESANDTER. Geduld! Geduld!

GEHEIMDERAT. Freilich.

GESANDTIN. Lieber Papa, es wird so schlimm nicht sein.

GEHEIMDERAT. Ja, wenn's die Weiber einmal sähen! Nun, was wollen sie, was können sie wollen! Ich bin zwanzig Jahr in Diensten, hab ihnen das Land gestellt, wie's jetzt steht. Sie sollen herumgehen, wo's fehlt. An keinem Ort, wo ich zu tun hatte, außer wo die Jungens die Nase hinsteckten. Die feinen Kavaliers, die nichts tun, als Weiber und Töchter verführen und sich herausputzen. Fällt ihnen ein dummer Gedanke beim Wein ein, flugs zum Fürsten, der hört denn alles, da geht's krebsgängig, auf die letzt muß denn doch der alte Rat herbei

GESANDTER. Wohl, daß es so ist!

GEHEIMDERAT. Ja wohl. Laßt mich meine Rechtschaffenheit ins Grab mitnehmen; ich mag weiter nichts. Fecht jeder, der nachkommt. Ich hab Kinder, die mich freuen. Nicht wahr, Maidel, ich muß dich immer so heißen, kleines zartes Ding?

GESANDTIN. Lieber Papa.

GEHEIMDERAT. Hätt der Franz ein bißchen von dir! Nun, er ist auch gut, er wird ein edler, redlicher Kerl. Das ist freilich nun gefährlich. Nu, nu, mein Reichtum.

GESANDTIN. Soll ich 's Frühstück holen?

GEHEIMDERAT. Tu's, mach mir ein Butterbrot, Malchen!

GESANDTIN. Recht gern.

GEHEIMDERAT. Auch hat uns der Graf auf diesen Abend invitieren lassen.

GESANDTER. Haben Sie zugesagt?

GEHEIMDERAT. Nicht anders. Fürchten wir uns für ihm? Ich will's ihm unter die Nase reiben. Er soll mir nur kein Wesen machen!

GESANDTER. Geduld!

GEHEIMDERAT. Und das sagt er immer. Freilich Geduld, das Weibsding müssen wir herbergen. O mir nagt's am Herzen! Wer kann dafür? Es lernt sich viel. Da kommt 's Frühstück. Laß die Kleinen kommen, Malchen, daß sie mir was vorlallen, da ist's doch noch wahr.

Dritte Szene

Landhaus. Zimmer. Antike Köpfe und Zeichnungen.

Franz einige Bücher vor ihm liegend.

FRANZ. Weg Quark, alles. Der nächste Weg zum Narren zu werden, ist, sich ein System bauen zu wollen. Hab's lang gedacht. Da arbeitet man sich durchs Zeugs, bis man einen auf dem Punkt hat, woraus er das Ding ansieht, das er Weisheit und Wahrheit nennt, glaubt man's ertappt zu haben. Vom Thron der Weisheit strahlt herab Was? Weisheit? Seifenblase, Schaum! Vom Thron der Wahrheit o ihr hungrigen Poeten, die ihr sie alle mit hellen Farben gemalt, mit dem hellen Glanz der Sonne verguldet und verglichen! Was strahlt sie dann? siehe da, Narrenkappen hellbeleuchtet, Leute gekrönt damit, die Philosophen heißen. Lieber Gott, da wird doch kein bißchen genutzt. Meinetwegen, ich will kein Buch mehr ansehen. Wenn sie doch dächten, daß es nichts ist mit ihrem Tun, daß Nebel ist, und sein muß um ihr Gehirn; sich nicht alle Kraft, die ihnen etwa der Himmel gegeben, durch fatales Nachdenken über Sachen, von denen sie nichts wissen können, auftrockneten. Laßt mir meinen Shakespeare und Homer. Wir bleiben zusammen bis in Tod. *Stellt sich vor einen Kopf des Laokoons, und drauf vors Brustbild der Venus.* Mein Laokoon, was hast auch du schon leiden müssen. Jeder Bube schwatzt von dir, und große Leute reden, warum du den Mund auftust? Hätten sie vor dir gestanden mit dem innigsten Gefühl Venus! Ausdruck der Gottheit, Leben, Weben, alles es ist ein Augenblick, nur ein Augenblick da steh ich oben.

LÄUFER. Guten Tag, Franz. Stehst du schon wieder vor deinen Götzen?

FRANZ. Sie sind's nun, meine Götter und Götzen. Bitt dich, laß das Maul heraus! Sieh, du mußt davon nicht reden. Kommst mir just vor, wie die Kerls, die sich dahin stellen, Schönheiten suchen, Ideal, was weiß ich, denn Regeln schreiben, definieren und schwatzen, und das all ohne Gefühl.

LÄUFER. Haben doch auch Sinnen und Herz.

FRANZ. Laß es so! mich ärgert's, wenn ich davon reden hör. Der Künstler hat Sinnen, wovon sie nun niemals gefühlt, noch gehört. Und was denn der mit allen seinen fassenden, durch und durch schauenden Blicken sieht, mit der äußersten Intensivität doch was red ich dir?

LÄUFER. Mit dir kommt man nicht aus. Da bring ich dir was Neues übern Selbstmord.

FRANZ *sieht's an.* Wieder eine schöne Prise zum Ärger für mich! Tu's weg. Könnt ich ihnen doch all das Gehirn austreten, die für oder darwider schreiben. Seit die Welt steht, haben sie 's Maul aufgerissen, disputiert und geschmiert, keiner trifft's, kann's treffen. Ach wie wißt ihr, was im Menschen vorgeht zur selben Zeit. Solang er Kraft hat, sich zu soutenieren, bleibt er euch gewiß. Übersteigt sie seine Eitelkeit, Selbstigkeit das läßt sich nicht angeben. Bedauert ihn, er mußte wohl losreißen. Da liegt's eben, daß sie das Leiden des krümmenden Wurms, in dem sich's peinlich wälzt, nur in der Ferne sehen, denn erst sehen, wenn er schon weg ist. Träten sie näher; sähen's, wie's in ihm arbeitet, denn reif wird Unglücklicher, ich hab dir immer nachgeweint, als wärst du mein Bruder.

LÄUFER. Du scheinst's zu verteidigen.

FRANZ. Nimmer. Laß mir meine Kraft!

LÄUFER. Kommst du heute in die Stadt, Julien zu sehen?

FRANZ. Ach sehen. Was das wieder für ein garstig Wort ist.

LÄUFER. Nun so weiß ich auch nicht.

FRANZ. Fühlen, fühlen, da stehen.

LÄUFER. Aber war das nicht? Allen kam's gesucht vor. Stellst dich dahin zwei Stunden, hattest sie nie gesehen, redst kein Wort, bist weg

FRANZ. Lieber, was könnt ich sagen. Mein Herz war über, da sie kaum die Harfe berührte. Und wie das fortging, die Arie dazu in mir lag das alles schon vorbereitet. Jeder Ton fand in mir das Echo, hier traf alles hin. Und da wundert ihr euch, daß ich dastund. Was konnt ich reden? Eure Komplimente nachlallen, »o Mademoiselle, göttlich, göttlich«. Ist das was? O wenn sie nicht mehr gefühlt hat, was in mir vorging, wenn sie nicht die Fülle meines Herzens sah bei meinem tiefen Schweigen, wenn ihr Aug nicht entdeckte, was auf meinem Gesicht sich zeichnete

LÄUFER. Sie hat's. Aber die Leute

FRANZ. Schon wieder das Hundegeschwätz. Wiegt ihr denn alle ein Wort auf, das sie sagte? ich lauschte und verstund sie. Die Jungens faselten um sie herum, dachten wunder, wie hoch sie stünden, der Franz stund in der Ecke, und hatte die besten Stunden seines Lebens.

LÄUFER. Es hat allenthalben Lärmen gegeben.

FRANZ. Was kümmert mich das. Und wie glücklich! Aus diesem Glas hier, hat sie Wasser getrunken.

LÄUFER. Wie bist denn du dazu gekommen?

FRANZ. Sie trank Wasser, stellte das Glas beiseite, ihr alle um sie herum, und so steckte ich's in die Tasche. Wenn ich aus dem Glas trink.

LÄUFER. Ein schönes Glas.

FRANZ. Nicht wahr, der goldne Schnitt?

LÄUFER. Ob sie dich wiederliebt?

FRANZ. So lieb ich sie, und wenn sie's auch nimmer täte. Ich bin gestraft genug, ich ging aus Eitelkeit mit dir hin, weil du sagtest, es dörfe keiner von Liebe mit ihr reden. Ich wollte die Heldin forschen aber so dacht ich's nicht. Das heilige Wesen, das sie begleitet. Wenn ich ihr Profil sehe, die Geistesruhe, das Sanfte, Wohlwollende, sie ist ein erstaunendes Wesen. Ich kann den Gedanken nicht ertragen, daß die Kerls um sie herum sind.

LÄUFER. Geh mit!

FRANZ. Laß mich allein hin! Ich geh zu meinem lieben Doktor in die Stadt, da werd ich oft dasein.

LÄUFER. Ein wunderbarer Mensch, der Doktor.

FRANZ. Den könnt ihr nun wieder alle nicht fassen. Der erste von den Menschen, den ich je gesehen. Der alleinige, mit dem ich sein kann. Läufer, der trägt Sachen in seinem Busen. Die Nachkommen werden staunen, daß je so ein Mensch war.

LÄUFER. Willst du nicht mitgehen?

FRANZ. Allein will ich hingehen. Hör, Läufer, du plauderst gern, und sollte es auch zum Nachteil deiner Freunde sein nimm dich in acht.

Dritter Akt

Erste Szene

Franz. Julie.

FRANZ. Meine Minna!

JULIE. Soll ich so heißen?

FRANZ. Auch so meine Julie, und meine Minna. Ich bin dein Tellheim. Lose, wie hast du mich geneckt? Eben das mutwillige Mädchen, aber immer ich sah doch, wie dein Herz durch die Augen sagte, glaub's nicht, Tellheim! Ich mußte denn nun den Komödianten machen.

JULIE. Haust du ihn nie gemacht, Tellheim!

FRANZ. Meine Minna!

JULIE. Ich wollte, du wärst nie Tellheim gewesen, oder vielmehr du solltest du nicht sein! o Franz!

FRANZ. Was stört deine Ruhe, traute Liebe?

JULIE. Sei edel, Franz; du bist's; bleib's! Ich geb dir mein alles, meine warme, unverfälschte Liebe. Nun sieh, wie edel du sein mußt, da du das alles hast. Ohne Mißtrauen bin gegen dich. Möchtest du einem Mädchen, das so mit dir redet Franz, du hast mein Herz, sei edel!

FRANZ. Gib mir's, gib mir's, wie du meins hast! Laß mich fühlen den ganzen Umfang des himmlischen Glücks! Sei ohne Sorge; kann der, der dich liebt, der sich deinem heiligen Wesen naht, kann der was begehen, das dich nur einen Augenblick betrüben sollte? Liebe, was sind Beteuerungen, Schwüre?

JULIE. Was sind die? ich kenne dich.

FRANZ. Mein Blick muß dir alles sagen. Ich kann nicht beteuren, mein Gefühl leidt's nicht. Wie kann ich so was beteuren? Mein Herz ist dein; ich kann dir nichts sagen, als, ich lebe durch dich. Leb jetzo erst.

JULIE. Ich glaub dir. Wie doch alles wunderbar ist! Franz, ich konnte die Liebe auf meiner Harfe wegspielen, wie eine leichte Sorge. Sie muß es wohl nicht gewesen sein.

FRANZ. Ich komme

JULIE. Du Stürmer du! da stellt er sich vor einem hin, redt kein Wort, und redt doch tausendmal mehr als die andern alle. Und zwischen der Komödie kommt er geh, ich bin dir doch nicht gut; so auf e i n e n Wurf; das verliebteste Mädchen hätte länger standgehalten. Nicht wahr, Franz, ich hätt mich nicht sogleich ergeben sollen, es wär dir selbst lieber gewesen? Ich wette drauf,

Tellheim, es wär dir lieber gewesen, hätt sich deine Minna nicht sogleich ergeben?

FRANZ. Mutwillige!

JULIE. Was das für ein gutes Mädchen sein muß! Nun wie er da sitzt, mir ins Aug sieht! Ich darf mir wohl in die Augen sehen lassen. Ich mag doch nicht.

FRANZ. Das Seelenvolle, das hier liegt, hier in den schwarzen Augen. Meine Augen auf deine gerichtet kann ich das sagen? Engel! ich habe dich gefunden, ich habe den Traum gefunden, der immer vor meiner Seele stund.

JULIE. Ich muß dem Strom ein Ende machen. Franz, ich singe. *Nimmt die Harfe.* Parto, parto amato ben mio.

FRANZ. Warum denn das?

JULIE. Es ist gut gesetzt.

FRANZ. Sing's nicht!

JULIE. Ich sah dir's an den Augen an. Da ist ein andres. Del suo gentil nein behüt! Herr Franz, Er säße dabei, und ließ mich so was singen. Nun wundert Er sich. Wenn lesen wir wieder im Petrarka? Erst das Stück im Metastasio.

FRANZ. Täglich, täglich, solang ich hier bin. Der Lehrmeister darf doch kommen? Erlaubt's der Papa?

JULIE. Der wohl; ich bitt mir aber sehr aus, daß nur der kommt. Der Petrarka taugt nichts für uns, seh ich wohl, und Seine »Héloïse« kann Er auch wieder holen lassen. Ich und Julie trennten uns, sobald ich an den Brief kam, mourons, mourons ma douce amie!

FRANZ. Schilt mir das Buch nicht! Es ist das einzige von den vielen und ist von meinem Rousseau.

JULIE. Was geht mich das an? Ich hab's ganz gelesen, sei nur zufrieden! Der Lehrmeister kommt denn.

FRANZ. Versteht sich. Schelm!

JULIE *singt.*

      Mi lagnerò tacendo

         Del mio destino avaro,

         Ma ch'io non t'ami, o caro

         Non lo sperar da me.

      Crudele, in che t'offendo

         Se resta a questo petto

         Il misero diletto

         Di sospirar per te?

FRANZ. Mehr, mehr Harfenklang, und Engelstimme!

JULIE. Nun, noch was, Franz. Wenn du geschickt wärest.

FRANZ. Gestrenge, was soll ich tun? Macht über Leben und Tod hast du in deinen Händen.

JULIE. Wenn du geschickt wärst, wollt ich dir was geben.

FRANZ. Was soll ich tun? alles nur nicht

JULIE. Still nur, das will ich dir in die Tasche stecken, greif nicht darnach, bis zu Haus! Es ist nur, daß du dich meiner erinnerst!

FRANZ. Was das wieder geredt ist; als wenn das nicht mein einziger Gedanke wäre?

JULIE. Ich lieb so was, daß man einem eine Kleinigkeit zum Andenken gibt. Ein Ort sogar, an welchem ich einmal mit einer lieben Person war, macht mir immer wieder eine süße Stunde, komm ich dahin. Wie draußen, Franz, im grünen Hüttchen auf der Rasenbank.

FRANZ. Nun begegnen wir uns; das ist mir immer heilig. Und da denk ich so an die lieben Altväter, wie die einen simplen Stein aufrichteten zum währenden Denkmal, dabei sagten, »hier war mir der Herr gnädig«; die Nachkommen die Kinder hinführten, denen die Erinnerung heilig ward, und sich immer fortpflanzte. Da kann ich nun so ganz gegenwärtig bei sein, mich im stillen freuen über die edle werte Einfalt. Und hab ich so was, Minna! Ich hab ein Gläschen von dir, und wenn ich daraus trink, ist alles heilig um mich.

JULIE. Ich merkte es wohl, daß du's wegnahmst.

FRANZ. Minna, das sind doch Stunden, die man so lebt, wofür der heißeste Dank zu wenig. Wahrhaftig, des Menschen Leben ist ein Himmel, wenn er damit umzugehen weiß, und die guten Stunden nutzt. Mich ficht nun alles nicht an. Trag alles leicht, und hier liegt's doch bloß an uns, ob wir genießen und fühlen wollen. Vergällten sich die Menschen die guten Stunden nicht so oft, sie würden denn das Leben erst zu schätzen wissen.

JULIE. Ich war auch immer so ein närrisch Ding, ließ mich von jedem leichten Windchen irremachen, man lernt's erst nach und nach schätzen,

Lieber! Werd ich denn die Szene bald bekommen, die du mir versprachst aus deinem Shakespeare zu übersetzen? Von Romeo und Juliette mein ich.

FRANZ. Ich will sie diese Nacht noch machen. Wenn so alles in mir ruht, ich dich im stillen ganz in meinem Busen trag, und du vor mir stehst. Denn sondre ich uns beide von aller Welt ab, vergeß alles Necken und Lärmen, das ich Tag über tragen mußte, schau nach dem Mond und meinen lieben Sternen; denke, vielleicht sieht jetzt deine Liebe hin, winke dir

JULIE. Tust du das?

FRANZ. Die Gemeinschaft, die darinnen liegt

JULIE. Lieber Franz, alle Abend tu ich das, und ich denk immer, vielleicht sieht dein Franz jetzt hin. Da kann ich weinen, ich weiß nicht, wie's kommt, aber ich kann weinen!

FRANZ. Sanfte Liebe, kannst du das? Willst du diesen Abend nach dem Mond sehen? Gegen elfe geht er auf. Willst du hinsehen? Der heutige Tag verspricht Mondhelle und Sternenhimmel.

JULIE. Ich will. Ich werde dich dort sehen, meine Harfe nehmen, und dir ein feierliches Lied singen. Gegen elfe such ich dich dort.

FRANZ. Sobald er dasteht, und alles heilig ich schau nach dir.

JULIE. Adieu, Lieber! sei gut, Lieber!

FRANZ. Ich müßte dich nicht gesehen haben.

JULIE. Nimm leichtes Blut; laß dich alles nicht so stark angehen! du machst dir und allen Verdruß, die dich lieben.

FRANZ. Lebe wohl!

Küßt sie.

JULIE. Gegen elfe such ich dich.

Zweite Szene

Louis. Hofmeister.

HOFMEISTER. Herr Graf; gewiß Sie ruinieren sich. Wollen Sie denn diese Nacht schon wieder schwärmen? Ihre Leidenschaften sind so heftig

LOUIS. Schweigen Sie still! Nehmen Sie mein Blut, das flammende Feuer, das alles, was in mir braust! Können Sie das ungestüme Meer aufhalten, Herr Hofmeister? Halten Sie mir nur ein rasches Pferd auf, und Sie sollen ein Mann sein! Was kann Ihr Predigen helfen? Wenn Sie zu den Leidenschaften sagen: »Tobt nicht«; ist's eben, als sagten Sie zum Wind, »stürme nicht!«

HOFMEISTER. Aber bedenken Sie nur, Sie schwächen sich den Körper, ruinieren Ihre Gesundheit.

LOUIS. So?

HOFMEISTER. Können sich böse Krankheiten an Hals ziehen.

LOUIS. Was schwatzen Sie? Meinen Sie, ich werfe mich so weg? Und schlimm genug, daß man keine bessere Einrichtungen macht. Was, man sollte einem von Jugend auf lehren, das Vergnügen mit Moderation zu genießen, und nicht durch unaufhörliches Verbot die Nerven reizen. Hättet Ihr mir nicht immer vorgepredigt, hättet mich lieber zu einem Mädchen laufen lassen, wenn ich den Ruf fühlte; würde ich jetzt Maß und Ziel brauchen? Und wenn soll ich die Welt genießen; jetzt, oder nach den Jugendjahren?

HOFMEISTER. Ich muß es dem Herrn Graf berichten.

LOUIS. Das können Sie. Ich seh überhaupt nicht, wozu wir einander mehr nützen. Die Universitätsjahre sind doch vorbei. Sie können meine Leidenschaften nicht vertragen, wie Sie's nennen, wofür ich dem Himmel dank, daß ich sie hab; was nutzt, sagen Sie mir nur! was nutzt mir Ihre Metaphysik, Ihre Geisterlehre und alles? Meinen Sie denn, ich wollte mir den Kopf vollpfropfen mit dem Zeugs? Was hier liegt, seh ich: was gehen mich Ihre Philosophen und Monaden alle an? Kurzum, ein Mädel ist mir lieber, als das all.

HOFMEISTER. Graf Louis, Sie sind auf dem Weg ein Bösewicht zu werden von der schlimmsten Sorte. Leider sah ich das gleich ein; mußte mich der Mangel zu so was treiben?

LOUIS. Ich hätt Sie nimmer gebraucht, und Sie hätten was anders tun können. Lesen Sie den »Hofmeister«, wie ich schon hundertmal sagte.

HOFMEISTER. Ich hab's getan. Man kann den würdigsten Stand beschimpfen.

LOUIS. Nein, Herr! es ist heilige Wahrheit. Ein Mensch kann immer Brot finden auf eine andre Art. Es soll mir keiner vor die Augen kommen, der jahrelang Hofmeister war, oder wohl gar zweimal. Er ist kein Mensch mehr.

HOFMEISTER. Wenn mir's nicht am Herzen läge, Ihnen edle Gesinnungen beizubringen Hören Sie mich doch! Genießen Sie; aber nur mäßig!

LOUIS. Ich sag noch einmal, hättet Ihr mir eine Mätresse gehalten, da es in mir anfing aufzuwachen, wär's gutgegangen. Und sollt ich einen Buben haben, soll er in seinem sechzehnden Jahr eine haben, und sich nicht peinigen oder gar verderben.

HOFMEISTER. Abscheuliche Lehren! ich muß es dem Grafen sagen.

LOUIS. Tun Sie's doch nur, und gehn Sie! Sie sehen, wir können uns nicht vertragen. Sagen Sie nur, wie kann man gelassen bleiben? Von den frühsten Jahren ist man ums Frauenzimmer, sieht die schönsten Gestalten immer vor sich, wächst dabei auf, und die hervordringende Begierde ihr kommt denn, wollt sie zurückhalten.

HOFMEISTER. Der Schwache nur unterliegt der Begierde.

LOUIS. Da haben wir wieder den Hofmeister mit einem kalten Satz aus der Moral! Wie seht ihr Leute denn die Menschen an? Wie ein Junge, der auf die Reutschule kommt, wilde rasche Pferde sich bäumen sieht, die er gerne reuten möchte. Da wundert sich der Laffe, daß sie nicht stillstehn, ihn aufnehmen und fortschleppen. Geht Euren Eselsgang, wenn Ihr träges Blut habt, wundert Euch nur nicht über andere, die Feuer haben!

HOFMEISTER. Es ist doch nicht lange, daß ich in Ihren Jahren war, und wußte mich zu halten.

LOUIS. Sie waren auch Hofmeister, verkauften Ihre Leidenschaften und Begierden, schwuren aufs Brot, Sie wollten's vergessen, Sie wären Jüngling. Gewiß, ich hätt's nicht getan, hätt ich auf den Taglohn schreiben sollen.

HOFMEISTER. Bedenken Sie nur Ihren Stand, und was aus Ihnen werden soll!

LOUIS. Und was denn? Was liegt dran? Soll ich fasten bis dahin; nicht Mensch sein, Ihre jämmerliche Philosophie anhören, wovon ich nichts versteh und begreife?

HOFMEISTER. Wir können was anders nehmen.

LOUIS. Ich hab jetzt was nur den Gedanken erreicht Adieu Herr Hofmeister.

Ab.

HOFMEISTER. Was hab ich gesündigt, daß ich das all ertragen muß? Sag ich was zum Grafen? Ich sollte besser achtgeben, dafür wär ich da. Und mit seinem Erzählen überm Tisch kein Wunder, ich schöß mir eine Kugel vorn Kopf, der Marter loszukommen. Stirbt nicht bald ein Amtmann, so ist das noch mein Ende.

Dritte Szene

Nacht.

FRANZ *am Fenster.* Meine Julie! lieblich! ich such dich dort; mein Herz hat dich gefunden, die Reise ist kurz dahin für die Liebe. Ich seh dich, fühl dich dort, ich hör deinen süßen Harfenklang. Diese Ruhe übers große All ausgebreitet Liebe! Liebe! Still, Natur, allenthalben still! strahlen deine Augen dort herab, verdunkle den hellen Schimmer. Ich werf dir Küsse zu, du gibst mir sie wieder. Heilige Nacht! ich muß an deinem Fenster lauschen; Liebe! Liebe! lauschen.

Vierte Szene

JULIE *am Fenster.* Franz! willkommen Franz, und tausendmal! Die Glock hat elfe geschlagen, da bin ich schon. Dort steht der Mond. Franz, willkommen am hellen Mond, und dem gestirnten Himmel! Meine Seele schwebt um dich, ist nur du, alles still, nur die helle Stimme der Nachtigall meiner lieben Nachbarin. Franz, ich red mit dir, hör deine Antwort Hin, hin, mein Herz!

Fünfte Szene

Straße.

FRANZ *dem Haus gegenüber.* Lieblich, Nachtigall, ist dein Gesang ohne Minnas Lied. Liebe, laß dich sehen, verdunkle den Glanz des Monds! Liebe, erscheine doch! *Man hört Harfe und Gesang.* Schweig, Nachtigall; Harfenklang und Engelsstimm! Todesstill! Seligkeit kommt herab, und ist in mir. Ich will mich auf diesen Stein setzen; den Tag erwarten; Paradies ganz um mich! still!

Dauert fort.

JULIE *am Fenster*. Meinen Lieben an den Sternen suchen! Franz, denkst du meiner? Lieber, hörtest du das Lied? Dir sang ich's, meine Augen gerichtet nach dem Mond, such ich dich.

FRANZ. Minna, meine Liebe, rede!

JULIE. Betrügt mich meine Phantasie; hör ich was?

FRANZ. Minna, holde Liebe!

JULIE. Und noch einmal. Kannst du mir seine Stimme so lebhaft schallen lassen?

FRANZ. Ich bin hier, hör dem Lied schon lange zu, die Stunde schlug, ich sah nach dem Mond, flog denn hieher.

JULIE. Sei willkommen, lieber Franz, beim Mondenschein!

FRANZ. Liebliche Sonne, tötest du den Mond und die hellen Sterne. Deine Augen! gib mir Liebe, Flügel, daß ich zu ihr flieh!

JULIE. Franz, gute Nacht! Hast du die Szene übersetzt vom Romeo?

FRANZ. Ich konnte nicht; sah meine Liebe; vergaß Romeos seine.

JULIE. Gut, daß die Nacht meine Scham verbirgt. Romeo, ich lieb zum erstenmal, du könntest mich in andre Welten ziehen, hör meine Liebe nicht, hör nicht, was sie sagt bei dunkler Nacht!

FRANZ. Mehr, mehr, könnt ich die Nacht verlängern!

JULIE. Nicht so laut, Franz! die Nachbarn hören's. Mein Vater schläft im Nebenzimmer.

FRANZ. Nur die Liebe hört's.

JULIE. Hör meine Liebe nicht! Ich sagt es nicht.

FRANZ. Gib mir alle Liebe; ich will sie wahren, bei dem Glanz des heiligen Monds.

JULIE. Schwöre nicht! Du hast sie ganz. Könnt ich dir immer geben, könnte immer noch geben. Gute Nacht, gute Nacht! ich kann dir immer Liebe geben, unaufhörlich Liebe geben; gute Nacht!

FRANZ. Geh nicht weg, holde Liebe! ich steh bis an hellen Tag.

JULIE. Du siehst mich morgen. Gute Nacht!

FRANZ. Muß ich gehen? Engel, heilig sei die Nacht!

JULIE. Heilig sei die Nacht! gute Nacht!

FRANZ. Dein Schlaf sei selig. Gute Nacht!

Vierter Akt

Erste Szene

Von Brand. Blum.

VON BRAND. Zwei lange, lange Tage hab ich sie nicht gesehen. Visiten und Gesellschaft; ach! das ewig daurende Gebrause. All das Geschmeiß nähert sich ihr, wärmt sich an ihrer Gottheit. Ich möchte sie all erwürgen; sitze da in der Ecke und der Louis! Blum, der Louis! er küßte ihre Hand, er küßte sie auf eine Art warum stieß ich ihn nicht nieder!

BLUM. Narr, Narr; wirst du denn nie gescheit? Zwei Tage, denk doch, zwei Tage war er nicht allein mit ihr. Zog er doch mit in alle Gesellschaften; ging's nicht an, rastete er nicht, bis er sie sah? Meinst du, man wüßte nichts? Hast du jetzt nicht im Kramladen gestanden, gepaßt stundenlang, bis sie vorbeifuhr, und da nickte sie? He! Hans Hasenfuß!

VON BRAND. Sagt dir das der Teufel?

BLUM. Mein Teufel, Narre! Ich hab dich wohl hineinwischen sehen. Da schäckerte er mit dem Kaufmannsmädchen, kaufte ihr allerlei ab, um nur Zeit zu gewinnen. Nun, Herr, zwei Tage! denk doch!

VON BRAND. Wenn du wüßtest, was mir der Gedanke ist Hölle und Tod! der Louis! Kerl, ich werd rasend!

BLUM. Was? Was? Weißt du was?

VON BRAND. Nichts, nichts, aber ich kenn ihn, den Buben, er sieht sie an mit Augen

BLUM. Freilich!

VON BRAND. Das Landfestin morgen; sie dabei; der Louis auch!

BLUM. Ist Festin?

VON BRAND. Der Baron gibt's auf der schönen Heide beim Dorf, ich ausgeschlossen! Was werd ich machen? sie alle um sie herum; alle Herzen freudig in ihrer Gegenwart. Der wollüstige Bube! Blum, es dauert nicht, es kann nicht dauern; einer von uns muß weg! Ich halt's nicht aus; einer muß!

BLUM. Ich bitt dich, Brand, laß dich leiten! Daß dich das Wetter; was soll denn das werden noch all? Willst du Zeugs anfangen, das alles am Tag liegt? Willst du dich um den Kopf bringen? sie umbringen?

VON BRAND. Mich tausendmal.

BLUM. Was kann dir der Bube verschlagen? Hast du keine beßre Meinung von Malchen?

VON BRAND. Laß dich küssen für den Gedanken, bester Blum! Ja sie ist's, ein Weib ich knie nieder, wenn ich sie denk. Oh, was sie leidet, Blum, wenn du den Kampf sähest, der ihr zartes Herz zerreißt

BLUM. Nu, was ist denn nun? Was soll denn alles Gewinsel? Meinst du denn, es dauert immer so fort? Und für den Louis sei unbesorgt; er läuft Tag und Nacht nach Sophchens, nach der Reih. Denk schon, er soll bald liegen. Ich war ein Herkules gegen so einen Buben, und 's hat ein Ende. Daß dich der Teufel!

VON BRAND. Weißt du was, Blum, ich geh hinaus morgen in aller Früh ins Dorf; setz mich auf ein Haus verkleidet, seh sie, und da wird mir's sein Ach wenn ich sie vor mir seh, den ganzen Engel vor mir schweben, ich soll ferne sein!

BLUM. Kommt dir's schon wieder?

VON BRAND. Nein, ich will mich maskieren; wenn alles in Ordnung ist, unter die Tänzer mischen.

BLUM. Laß dich kastrieren, armer Junge, armes Gehirn!

VON BRAND. Schweig, wenn wir Freunde bleiben sollen!

BLUM. Nu gut! Du ließest dich in einen Papillon verwandeln, nur um sie beständig herumflattern zu können. Ich laß mir alles gefallen, hätt ich nur auch einmal wieder Mark in den Knochen!

Zweite Szene

Doktor. Franz.

FRANZ. Doktor, lieber Doktor; mit mir ist's aus! O der verfluchte Hund, der Hund, der Hund! Er ist weg, ich soll sein Blut nicht haben, um drin zu baden mit meinen Händen, meinen Grimm zu löschen, fort, fort, fort ist er! Böser Bube, du sollst mir nieder, und sollt ich dich von einem Pol zum andern mein Leben durch suchen; und hab ich dich Lieber Doktor!

DOKTOR. Franz, bist du von Sinnen?

FRANZ. Von Sinnen; wohl von Sinnen! Stell dich weiter; ich hauche Gift. Ach das braust in mir! Lieber Doktor, ich habe meine Liebe verloren, ich habe mein Leben verloren.

DOKTOR. Was ist's denn nun?

FRANZ. Der Läufer.

DOKTOR. Der Bube! Der Schwätzer, hat er einen Hundsstreich gemacht?

FRANZ. Daß ich ihn hätte, in meiner Gewalt, wie wollt ich ihm seine verfluchte Zunge aus dem Halse reißen, heiß braten, und ihm die Augen mit ausbrennen! Der Bube! Er hat uns getrennt, mich von meinem Leben gerissen. Ach, die Szene von diesem Morgen! wie sie zitterte, mir 's Papier gab, wo sie's draufgeschrieben Mein Stolz, mein verdammter Stolz; den der Gedanke erregte, sie gibt dem Geschwätz eines Jungen Gehör! Ich konnte, mochte nicht reden Läufer! Läufer!

DOKTOR. Worauf kommt denn alles an? Schwätz, red!

FRANZ. Lieber Doktor; der Bube fing einiges auf. Du kennst meine Offenherzigkeit, daß ich in Sachen, wo ich fühle, wie ein Trunkner bin, und schwatz er führte mich zuerst hin, wußte alles schlich uns nach das alles trug er verkehrt zu ich weiß nicht, was wo ich anfangen soll? Hätt ich ihm nur schon eine Kugel vor den Kopf geprellt, wär's schon ordentlich hier.

DOKTOR. Er hat geschwätzt, ich hör schon alles. Warum gehst du mit so Jungens? Ich wär schon längst hingegangen, könnte ich den Gedanken ertragen, daß die Kerls um sie herum sind. Den Läufer sah ich gleich dafür an, als er kam, Scharrfüße machte; sagte, er wär ein Freund von dir; langes und breites redete; da dacht ich gleich, er müßte schwätzen, kostete es andrer Leben.

FRANZ. Eine Kugel! Eine Kugel!

DOKTOR. Die Karbatsche für so Jungens! Was eine Kugel? Das wär dich prostituiert. Abgepeitscht wie Hunde; einen Tritt, zur Tür hinaus, das ist die Kost für so Kerls!

FRANZ. Ach wenn du wüßtest, was ich all, all leide; sie leidet. Gestern abend kommt er zu mir aufs Kaffeehaus, fällt mir um den Hals, weint, als zerspränge sein Herz, daß er sich von mir trennen müßte. Mittags hat er das alles angestellt. Ich komme den Morgen hin und er ist fort.

DOKTOR. Laß ihn!

FRANZ. Ach, und meine Liebe! sie hängt an mir, ich kann sie nie wiedersehen.

DOKTOR. Schlaf nur aus; ras aus; denn wird's gut sein!

FRANZ. Du weißt, Doktor, daß das nicht gehen kann. Ja sie sollte es vergessen aber daß sie ihm Gehör gegeben! Ihre Delikatesse, wenn sie's glaubt Julie! meine Liebe!

DOKTOR. Nur Morgen abgewartet!

FRANZ. Noch gab sie mir ein blaues Band um den Hut, den du mir gabst Minna, wir begegnen uns wieder. Wie ich vor ihr auf den Knien lag, Doktor! ich hab nie vor einem Weib gekniet. »Franz, wir begegnen uns wieder«, sagte sie; mein Stolz, mein Stolz! Minna, wir begegnen uns wieder!

Dritte Szene

Blum. Louis.

BLUM. Nu Herrchen, so stattlich geputzt; auf wen zielt's?

LOUIS. Du weißt ja, das Festin ist heute.

BLUM. Hm, man hat mir's gesagt.

LOUIS. Baron, fordere! Was willst du haben? Wünsche, verlange, was steht dir an? Red nur, Blum, ich will dir geben! Was willst du?

BLUM. Dir das Genick brechen.

LOUIS. Narr!

BLUM. Wie gut wär's dem ganzen Land, wenn du, Pest, verscharrt lägest! Brennt dein Herzchen noch?

LOUIS. Ich hab was anders, Blum. Du weißt noch nichts; wenn ich dir erzählen sollte?

BLUM. Brennt dein Herz noch?

LOUIS. Ein Mädchen, Blum Lovelaces Bouton de rose, niedlich, niedlich und fest.

BLUM. Louis, ich sag dir noch einmal, wagst du dich was vorzunehmen, mein Brotmesser tief ins Herz! Ich hab geschworen; und rissen sie mir ein Glied nach dem andern vom Leibe, du mußt nieder, nieder, nieder! Merk, ich schleiche dir nach. Geh zu Huren; oder, verstehst du mich, ein Brotmesser.

LOUIS. Wie stellst du dich, Blum?

BLUM. Ein Brotmesser, nahst du dich der Gesandtin nur mit Worten. Adieu!

LOUIS. Wart doch; wo willt du hin?

BLUM. Zu Sophchens.

LOUIS. Diese Nacht komm ich! hörst du, Blum? Diese Nacht.

BLUM. Meine Erklärung!

LOUIS. Komm mir wieder! Rasch denn Zeit weg! O des verfluchten Schneckengangs! Immer, immer gespannt und getrieben. Zeit rasch weg; oder stocke alles!

Vierte Szene

Gesandtin. Louise. Verschiedene Masken vor ihnen.

LOUISE. Wenn Sie die Schäferin nehmen wollten; Ihre englische unschuldige Miene! Es läßt dabei Ihrer Taille so gut Die Schäferin, gnädige Frau!

GESANDTIN. Was? würde mir nicht das Kleid ein Vorwurf sein? Auf meiner Stirne steht das geschrieben mit unauslöschlichen Buchstaben; ich erschiene im weißen Kleide der Unschuld? Hier alles, alles anders? Nein, nicht die Schäferin, das waren unschuldige Mädchen.

LOUISE. Wenn's Ihnen aber nun schöner steht?

GESANDTIN. Und ich mir widerspräche im Herzen? Schwarz will ich gehn!

LOUISE. Um 's Himmels willen, schöne Frau! es ist nicht auszustehen! Am besten wär's, wir behingen das Zimmer ganz schwarz, brennten ein schwaches Todeslichtchen, und weinten uns zu Grabe. Und das, weil eine schöne Mannsperson in Sie verliebt ist; die tollste Nouvelle!

GESANDTIN. Treibst du's noch länger

LOUISE. Nun dann?

GESANDTIN. Du mußt mir aus den Augen!

LOUISE. Geh ich zum Herrn von Brand, werde seine Aufwärterin. Schwarz wollen Sie gehen? Denken Sie nur, wenn Brand Sie sähe Ich möchte wohl wissen, wie's jetzt mit ihm steht?

GESANDTIN. Ach! Das Schwarze also nicht!

LOUISE. Nehmen Sie eine Amazone. Einen Hut mit weißer Feder und goldner Tresse, und reiten Sie hinaus!

GESANDTIN. Stürb ich, und hätt mein Totenkleid an! Dahin zu fahren? Louise, so angst war mir's noch nie ums Herz. Dieser Tag! Dieser Tag!

LOUISE. Schon wieder geschwärmt? Lassen Sie uns eine Maske aussuchen! Probieren Sie einige, daß wir fertig werden. Der Herr kommt. Sie abzuholen.

GESANDTIN. Nenn ihn so! Ich träumte schrecklich diese Nacht.

LOUISE. Ist das Wunder? ich bitt Sie, Ihr Kummer fängt Sie an zu verstellen: würklich er wird merklich. Sie werden sich ins Grab bringen.

GESANDTIN. Werd ich das? Hab Dank dafür! Ja ich glaub's, Louise, es wird, kann nicht lange mehr dauern.

LOUISE. Haben Sie Lust dazu? Auf was anders zu kommen, wenn Sie die Feenkönigin nähmen? Der gnädige Herr hat Sie gestern abend drum gebeten

GESANDTIN. Die Feenkönigin? Schweig!

LOUISE. Tun Sie's doch; das kleidt Sie englisch, englisch! Alles zu bezaubern, und in Flamme zu setzen! Die Feenkönigin.

Gesandter kommt.

GESANDTER. Nun, Liebe, bist du fertig?

LOUISE. Gnädiger Herr, die Feenkönigin?

GESANDTER. Tu's ich seh dich gern so.

GESANDTIN. Lieber Wilhelm!

Fünfte Szene

Offener Platz. Tanz und Musik.

Von Brand auf der Gegenseite, auf einem Bauernhaus. Blum inwendig.

VON BRAND. Schweb, schweb, schweb dahin im göttlichen Schwung, von meinen Augen dahin, Liebesgöttin!

BLUM *inwendig.* Nun, ist sie da?

VON BRAND. Die Feenkönigin nun ja die Feenkönigin. Ich will dir nahe kommen, mich an deiner Sonne wärmen; mich letzen, Göttin, dir unbekannt. Malchen! Malchen! dein Brand sitzt hier, faßt dich mit seinen Augen; ach mit seinen Augen. Fühlst du die Lücke unterm schwärmenden Haufen? Hah, es wird mir ohnmächtig

BLUM. Daß dich das Wetter! Was machst du?

Sechste Szene

LOUIS *abgesondert.* Ich hab ihre Finger berührt; mir war, als genoß ich alle Wollust der Welt. Meine Hand fuhr unvermerkt in dem Umschlingen über ihren Busen Hab ich Atem? Luft! Luft! daß ich aussprechen könnte, was durch und durch dringt! Diesen schwarzen Faden, der ihr übers Aug herabhing vom Hut, hier ist er. Um diesen Knopf will ich ihn winden. Mehr wert als Ordensband und Stern des Fürsten. Gottheit, dein Meisterstück! in aller ihrer Macht! Sie kann töten, ich will an ihrem Busen aufleben, aufleben, leben, leben, leben!

.

Siebende Szene

Bach und Weidenbäume.

GESANDTIN. Ach die Angst, die bange Angst, die mich wegjagt! Geräusch, und meine Sinnen erhitzt! Meine Phantasie, hier steht er und hier. Ich kann den Kampf nicht erfechten, den großen Kampf. Mit ihm tanzte ich, ihm reichte ich meine Hand; neue Flammen! Er ist nicht da, ist allenthalben da. Gib mir ein kleines Plätzchen, milder Bach! Häng du deine sinkende Blätter auf mein Haupt, traurige Weide! Kampf! Kampf! Noch nicht erfochten! Ach Gott erbarm! Zeigst du mir meine Gestalt? Die Maske ab! Sie ist weg und noch Maske! Meine Knie sind wund geworden auf den harten Steinen Heißes Beten, heiße Flamme. In dieser Kleidung, die der Bach ich möchte dieses Flitterwerk abreißen, all das bunte Flitterwerk! In Staub, Asche, und Sack gehüllt, Buße tun, mit meinen Füßen nackend über Dornen gehn! Ach, die Reise, die ich vor mir hab, von reinen Engeln weggestoßen, vom Thron des Allmächtigen weggestoßen! Steht mir bei, ihr Engel! Helft den schweren Kampf erfechten!

Achte Szene

Von Brand auf'm Dach. Blum inwendig.

VON BRAND. Sie ist nicht da.

BLUM. Brand, ich zieh dich an den Haaren herein, wo du noch einmal so tolles Zeugs machst. Was, wenn ihr einer die Hand küßt, ist sie denn dein?

VON BRAND. Könnt ich dich reichen, ich erdrückte dich! Sie ist nicht dein Red nicht, Blum! Du sitzt in eiskalter Kühlung. Dich rührt nichts, sie ist nicht da, ich seh sie nicht, und mußt sie unter Tausenden sehen. Der Louis dort, ich schieß nach ihm.

BLUM. Ich reiß dich herein, Hund! Hast du Schießgewehr, Narr? Hast du?

VON BRAND. Nein, nein, sie kommt. Die Sonn geht auf!

BLUM. Wo, wo?

VON BRAND. Dort geht sie auf das Bauernhaus zu. Was muß sie dort wollen? Sieh, dort unter den Bäumen kommt sie. All das Zauberwerk! Der Himmel unter dem Hut Siehst du sie, fühlst du sie?

BLUM. Ja, ja, stürz nicht hinunter!

VON BRAND. Ich muß hin!

BLUM. Warte, misch dich hernach unter die Tänzer!

VON BRAND. Sie ist hinein, dort ins Haus mit den grünen Läden. Der Louis!

BLUM. Was?

VON BRAND. Er kommt in Hitze. Hinein, auch hinein. Laß mich; mein Terzerol.

BLUM. Das Donnerwetter! Hast du recht gesehn?

VON BRAND. Er ist hinein. Laß mich hinunter; oder ich schieß dich nieder.

BLUM. Ich tu's nicht. Bleib; du machst uns alle unglücklich. Ich will hin.

VON BRAND. Leben oder Tod auf diesen Sprung. Hah, ich komme.

BLUM. Rasereien, Rasereien! Brächst du den Hals! Mein Brotmesser, ich halt Wort.

Neunte Szene

Bauernstube.

Louis. Gesandtin.

GESANDTIN. Was wollen Sie? Was wagen Sie? Wo Sie mir nahe kommen

LOUIS. Gesträubt und gewunden! Ha, gnädige Frau! Ich hab Sie auf meinen Knien gebeten, mir mein Leben wiederzugeben, ich muß!

GESANDTIN. Niederträchtiger, was stellst du mir für Netze? Wo ist die Unglückliche, der ich helfen wollte? Vor meinen Augen weg!

LOUIS. Ich will dir die Larve abreißen, Weib! Dein Mann von dir betrogen, und Brand. Ich hab ein Recht, und wo du nicht nachgibst Reizende Feenkönigin, mußten Sie so erscheinen, mich ganz zu überwältigen?

Stürzt auf sie.

GESANDTIN. Hülfe! Hülfe!

LOUIS. Kein Mensch ist hier. Gib mir mein Leben wieder!

GESANDTIN. Mir den Tod! an dieser Wand will ich mir den Kopf einrennen, wo du einen Schritt näher

LOUIS. Meine Vernunft ist hin über alles hinaus!

VON BRAND *rennt die Tür ein.* Ha, Bube! Du! *Schießt. Louis fällt.*

GESANDTIN. Ach Brand, Brand, flieh!

Fällt in Ohnmacht.

BLUM. Hund, was hast du gemacht? Lärmen, Lärmen allenthalben. Geh!

VON BRAND. Nimmer! Malchen!

BLUM. Du hast ihn totgeschossen. Ich schlepp dich an den Haaren weg.

VON BRAND. Stoß mich nieder!

BLUM. Willst du gehen?

Fünfter Akt

Erste Szene

Gesandtin. Malchen.

GESANDTIN. Mein Vater tot; ich tot; alles tot! weine, weine Ewigkeit! Was tu ich? Was? was? Weg vor meinen Augen weg! Willt du nicht gehen? Auf den Knien fleh ich dich; siehst du, wie ich niederfall? Da er weg ist, wird mir leicht ums Herz schwer, zentnerschwer. Malchen, nimm die Schere, schneid die Schnür mir auf!

MALCHEN. Ja, Mama. Ist so recht? Ach sehn Sie mich doch an, liebe Mama!

GESANDTIN. War's mein Vater, der da lag, die weißen Haare übers Gesicht und tot? War's mein Vater? Hab ich kein Gedächtnis mehr. Ein Schlagfluß deine Tochter ein Schlagfluß! Wo ist denn der Herr Gesandte, Malchen? das Totenkleid, schwarz, wie meine Sünde. Komm ich dorthin, will ich's gleich sagen, wer ich bin, das schwarze Totenkleid!

MALCHEN. Liebe Mama.

GESANDTIN. Schweig doch, schweig doch, Kleine! Siehst du, das schwarze Totenkleid! Wo ist der Herr Gesandte, Kleine?

MALCHEN. Der Papa? Ach liebe Mama, was ist Ihnen denn?

GESANDTIN. Geh doch weg! Ich muß das noch alles zurechtmachen, stör mich nicht; ich hab heute noch viel zu tun.

MALCHEN. Wollen Sie denn besuchen gehen?

GESANDTIN. Ja, ja besuchen! Wie er mich wegschleudern wird!

MALCHEN. Weinen Sie doch nicht immer! Ach der Papa hat auch geweint.

GESANDTIN. Wie kann ich's aushalten, wie kann ich's aushalten? Ist denn kein Erbarmen, großer Gott? Hier lieg ich Tag und Nacht; gib mir Gott den Tod! Muß ich Mörderin werden?

FRÄNZCHEN. Mama, der Gärtner hat mir die Rosen gegeben, ich sollt sie Ihnen bringen. Ich will Ihnen eine vorstecken.

MALCHEN. Fränzchen, die Mama ist betrübt.

GESANDTIN *nach einigem Schweigen.* Von meinem Busen weg! Eine Rose! Ich habe die Rose gepflückt, ehe sie der Sturm entblättert. Es steht in einem

Trauerspiel, glaub ich, der Vater erstach seine Tochter, eh der Sturm kam. Ach, die Rose entblättert? Der Sturm, der grausame Sturm! die Rose entblättert, so entblättert *Zerreißt die Rose.* und zertreten, im Staube zertreten.

FRÄNZCHEN. Warum zerreißen Sie die Rose, liebe Mama!

GESANDTIN. Kinder! Kinder!

KINDER. Mama.

GESANDTIN. Betet, betet mit mir!

Zweite Szene

Gesandter. Franz.

FRANZ. Meine Schwester Hure geworden? Kein Weib denn, die keine ist! Verflucht alles, alles! Meine Schwester Ehebrecherin? Red, red! Ist sie's? Mit meinen Händen ihr ehebrecherisches Herz

GESANDTER. Hör mich, Unglücklicher! Es ist so; sag es sei nicht! Es ist so.

FRANZ. Mit Brand?

GESANDTER. Alles, wie ich's sagte.

FRANZ. Denn hier mein Leben, alles Ende! Gesandter, an beiden sollst du blutige Rache haben; gib dich zufrieden! *Wird seiner Schwester Schattenriß gewahr.* Siehst du sie? Dieses Gesicht, das Ohnmögliche, betrügerische Ohnmögliche, das drinnen liegt! Man sollte schwören, es könnte Gott hintergehen. Herunter, zertreten, zertreten! So will ich dich zertreten. Fort, fort, zur Ehebrecherin! Mein Vater am Schlag tot! Ist er tot?

GESANDTER. Auf der Stelle.

FRANZ. Hätt er sie erwürgt! Nun, er ist tot, er ist tot, Gesandter! Ach! Schwester! Schwester!

GESANDTER. Lieber Bruder, ras nicht! Deine Schwester!

FRANZ. Was, meine Schwester? Was? was? red mir nicht! Keiner Hur ihr Bruder. Mörder! Mörder! Zertreten liegst du!

GESANDTER. Ich bin ihr Mann, Franz, und

FRANZ. Was?

GESANDTER. Will nachgeben.

FRANZ. Aus meinen Augen!

GESANDTER. Zu meinen Füßen hat sie gelegen, alles gestanden. Lehr mich's vergessen!

FRANZ. Wenn sie tot ist Fort, fort!

GESANDTER. Ich laß dich nicht, bis du mir schwörst.

FRANZ. Nichts tu ich! Hure, Hure! Komm Gesandter, armer Gesandter!

GESANDTER. Ich bin ihr Mann, hab Kinder.

FRANZ. Ihr Narr bist du. Ach, Bruder, Bruder; ihr Narr. War sie nicht ein Engelweib? Und sie betrog dich Engel müssen weinen eine verfluchte Ehebrecherin! Und alles haben sie uns genommen. Komm, wir wollen sie strafen! Nimm deine Kinder und wir gehn heischen. Wollen betteln, deine Geschichte erzählen. Fort, fort!

GESANDTER. Sie fällt tot nieder, sieht sie dich.

FRANZ. Wo ist Brand?

GESANDTER. Flüchtig.

FRANZ. Er ist in der Welt, und hätte er sich unterm tiefsten Berg vergraben, ich müßte mit meinen Nägeln durchgraben Schwester, Schwester!

GESANDTER. Malchen! Malchen!

FRANZ. Hure! Hure!

Dritte Szene

GESANDTIN *im schwarzen langen Kleid, die Haare zerstreut.* Jesus! mir wird ja so wohl! wenn sich doch Gott erbarmte, mich hinzunehmen, eh der Richter käm mit flammendem Aug und brennendem Zorn! Ich fühl nichts mehr wenn's der Tod wär! Meine Hände kalt Erstarrung Ach all meine Sünde, all meine Sünde; noch einmal recht schrecklich ich wollte meine Kinder segnen, und traute nicht. Großer Richter! meine armen Kleinen Fränzchen, Malchen was willst du denn? Still, still, ganz still! Mein Mann! die Bilder, die sich treiben und jagen alles dunkel, düster, schwarz. Herr geh nicht ins Gericht mit mir! Bet mir's, Fränzchen, bet mir's Herr, geh nicht ins Gericht mit mir! Gott! ah *Fällt aufs Kanapee mit dem Haupt, die Arme ausgebreitet, kniend.*

Vierte Szene

Franz. Gesandter.

FRANZ. Weib! Weib! Weib!

GESANDTER *hält ihn.* Um Gottes willen!

FRANZ. Hure, wo bist du?

GESANDTER. Malchen, Malchen, fürchte nichts, erschrick nicht! *Auf sie los.* Malchen! Malchen! was ist dir? Sie ist tot.

FRANZ. Tot! tot!

Auf sie los.

KINDER *kommen gelaufen und Gesinde.* Mama, Mama!

FRANZ. Schwester!

GESANDTER. Malchen! *Fällt auf sie.* verzeih dir Gott! ich hatte es getan.

FRANZ. Ist sie tot? *Fühlt sie an.* eiskalt, todkalt! Bruder, eiskalt. Lebe wohl!

GESANDTER. Wo willt du hin? Willt auch du mich verlassen?

FRANZ. Engel! Gott wird's unterscheiden. Meine Schwester hin, mein Vater hin, alles so so Bruder, es ist aus mit mir, es ist gebrochen, meine Kraft verschwunden. Eiskalt, liebe Schwester! armes Herz, du hast einen bittern Tod gehabt. Ihre Miene sagt's, ich sterbe reuend. Schwester! Schwester! Bruder, wie wird dir's?

GESANDTER. Ach, Malchen!

FRANZ *zieht eine Pistole.* Brand!

GESANDTER. Wen nennst du?

FRANZ. Die sollte dir durch den Kopf, Malchen! Bruder, wend deine Augen weg! bitt dich, Bruder, sie soll in die Luft.

GESANDTER. Willt du das?

FRANZ. Nein, wir wollen heischen gehn; die Toten begraben, und heischen gehn, siehst du deine Mutter, Fränzchen? Die Kinder sind erstarrt. Denk an deine Kinder, Bruder! Laß uns die Toten begraben!

Fünfte Szene

Wirtshaus an der Landstraße.

Von Brand. Blum.

BLUM. Du fällst vom Fleisch; siehst aus, wie ein Totengerippe, fürchterlich als hättest du im Grabe gelegen. Lieber Brand, du kannst nicht aus der Stelle gehn. Mir blutet das Herz, dich so leiden zu sehn.

VON BRAND. Ach Blum!

BLUM. Sprich mit mir!

VON BRAND. Überall schleicht sie mir nach. Schon drei Nächte hintereinander sah ich sie in Totenkleidern; sie winkt mir mit Gebärden, mit Zeichen ich muß verzweifeln, wenn's noch länger dauert. Ich glaub, sie ist tot.

BLUM. Wenn du nur fortkönntest! Wir wollten uns in die Chaise setzen; und geh's, wie's wolle; ich seh, du kannst nicht leben und sterben. Es kann auch nicht lange mehr dauern mit dir! und ob sie mich mein Leben auf die Festung setzen, oder nicht! Ich mag doch von allen andern Menschen nichts mehr wissen, bist du weg. Nun hör doch, lieber Brand, komm doch ein bißchen wieder zu dir!

VON BRAND. Was hab ich getan? Die nagende, peinigende Verzweiflung in Schande und Grube gestürzt; sie hat's keinen Tag ausgehalten. Lieber, schieß mich vor den Kopf, daß ich wegkomme! Warum rissest du mich weg? Schaff mir Nachricht, oder mit diesem Messer ich hab noch so viel Kraft, mir's durch die Brust zu stoßen.

BLUM. Wart nur, bis du ein wenig wieder bei Kräften bist, denn geh ich mit dir hin.

VON BRAND. Ach, mir ist doch alles zerschlagen!

BLUM. Armer Brand, du bist wohl zerschlagen.

VON BRAND. Denk nur; der arme Gesandte, und das Weib! Blum, um Gottes willen, gib mir Gift, und geh heimlich weg! es kennt dich kein Mensch hier. Du siehst, daß ich mehr Verdammung hier leide, als dort. Ach, wenn du's nur eine Zeit fühltest; so kurz, daß ich sie nicht nennen kann, du würdest Mitleiden mit mir haben.

BLUM. Ich wollte dir's gern abnehmen.

VON BRAND. Ich muß zurück.

BLUM. Du sollst nicht!

VON BRAND. Du sollst nicht sag's nicht mehr, willst du mich hier gefangenhalten in Höllenpein?

Magister kommt.

MAGISTER. Meine Herren; um Verzeihung, daß ich so frei bin, und hereinkomme; ich wollte Sie nur fragen, ob Sie nicht wüßten, wo mein Hühnchen hingekommen. Mein liebes Suschen, ach ein böser Bube hat sie mir gestohlen.

BLUM. Seine Tochter?

MAGISTER. Mein liebes Suschen, das ich so werthielt, macht mir so viel Leiden; ich laufe in der Wüste herum, rufe ihr, und höre sie nicht.

BLUM. Wer ist Er denn?

MAGISTER. Der Magister Braun.

BLUM. Aus der Stadt?

MAGISTER. Ja, wissen Sie was?

BLUM. Geb Er mir erst Antwort!

MAGISTER. Hurtig, hurtig, lieber Herr! wo ist mein Suschen?

BLUM. Weiß Er was von dem Gesandten und seiner Frau?

MAGISTER. Sie und ihr Vater sind den Tag begraben worden, als ich wegging. Ach ein großer Jammer!

VON BRAND. Sie ist tot? ich hab Kräfte, sie ist tot! *Ab.*

Blum ihm nach.

MAGISTER *hält ihn.* Mein Suschen!

BLUM. Im nächsten Dorf, ist Fritz mit einem Mädchen.

Ab.

MAGISTER. Der Schelm! der Böswicht! Ach mein Hühnchen, soll ich dich wieder haben?

Sechste Szene

Kirchhof.

VON BRAND *auf einem Grabe.* Da unten liegst du? die Erde all über dir? Los, los! weg, verfluchte Erde! Meiner Liebe näher! ich muß ihren Sarg, auf ihrem Sarg mein Leben ausbluten. Ach, Malchen, *Wühlt in die Erde.* mein Leben auf deinem Grabe ausbluten! ihr nach, ihr nach *Wühlt immerfort. Der Uhu schreit.* der Todesvogel! brauche keinen Totenruf. Hab die Liebe getötet. Verdammung ewig über mich! Saust, Winde; reißt meine Seele weg; weht sie hin in nichts! Tief nicht tiefer! Engel, deine heilige Ruhe stören mit verfluchten Händen Gib mir Raum in Todesgruft! Nicht weiter deine heilige Ruhe lieg still, todesstill! Gib mir Raum in Todesgruft! dring, mein Blut, zum Sarg hinan! Kraft! Kraft! *Bohrt sich ein Messer ins Herz.*

Letzte Szene

Gesandter auf einem Acker grabend. Zwei Kinder, in der Furche spielend.
Franz an einem Baum. Fränzchen neben ihm.

FRANZ. Hast du mich ganz vergessen, Minna? ich denk deiner immer noch, vergessen von dir und aller Welt: O der böse Bube!

Pfropft einen Baum.

FRÄNZCHEN. Was machst du an dem Baum?

FRANZ. Ich schneid ein Reischen ein, ich nahm's vom Birnbaum dort.

FRÄNZCHEN. Die Birn schmecken gut.

FRANZ. Mit der Zeit trägt dieser auch die Birnen.

FRÄNZCHEN. Die nämliche? das ist schön! Das tut das Reischen?

FRANZ. Ja, Fränzchen, das kleine Reischen schlägt an, wächst hinein, zieht Kraft vom Baum, und wird groß. Denn dauert's eine Weile, und denn haben wir viel von den Birnen. Red mit deinem Vater, Fränzchen! sag, warum er so still wäre?

FRÄNZCHEN *läuft hinüber.* Lieber Papa, warum reden Sie heut nichts?

GESANDTER. Beim Abendbrot will ich viel reden, Fränzchen.

FRÄNZCHEN. Sie könnten aber auch jetzt mit uns reden. Den Abend erzählen Sie uns wieder von der lieben Mama?

GESANDTER. Ja, Fränzchen.

FRANZ. Was ist dir, Bruder?

GESANDTER. Mir ist's ganz wohl. Was kann uns fehlen? wir haben alles.

FRANZ. Sie haben uns eine Last abgenommen, da sie uns Vermögen und Ehrenstellen nahmen. Bruder, wir leben uns.

GESANDTER. Ja wir leben uns.

FRANZ. Wenn du nur gesund wärst!

GESANDTER. Das ändert sich schon. Ach! meine Liebe über den Sternen!

FRANZ. Ach! nun bald ein Jahr, Bruder.

GESANDTER. Wird's ein Jahr, und ich lebe noch, wandle ich an dem Tag an ihr heiliges Grab, das alle Jahr, solang meine Wallfahrt hier noch dauert! Ach meine Liebe über den Sternen!